KB185015

고상하고 천박하게

고상하고 천박하게

1

돌의서

김사월   이흰

차례

500자의 자유

마지막 편지

2023년 10월 19일
결혼식에서

너 왜 자꾸 우니. 네가 우는 게 첨엔 웃기고 귀엽다가 이 젠 나도 눈물이 나네. 뽀얗게 화장해서 더 하얗고 멀대같 이 보이는 네가 이 행복을 어떻게 맞이하는지 보고 있어. 결혼식에서 너의 아버지가 축가를 부르셨잖아. 10월의 어 느 멋진 날에. 그 부분에서 많은 하객이 울었다. 우연히 한 테이블에 앉은 정재윤(부산), 박참새(부산), 김연지(포항), 나(대구)=PK&TK 여자들도 눈물 콧물 소리를 냈다. 아까 까지만 해도 경상도에서 태어난 여자들은 가부장제 생존자 아니냐며, 우리한테는 투표권 두 개 줘야 하는 거 아니냐며 시니컬한 농담들로 낄낄거리고 있었는데 말이야.

나는 정말 상상할 수 없거든. 우리 부모님이 주인공이 아닌 내 결혼식을. 너의 결혼식에선 부부가 된 이들에게 소중했던 사람들을 모아 놓고 서로를 소개해 주는 듯했지. 신랑의 아버지는 축가를 불렀고 신부의 어머니는 축무를 추었다. 결혼식의 전통을 지키는 척 슬쩍 부수었다. 나는 모든 것을 부정하는 혁명에는 부정적이야. 내 모습대로 살아 버리는 혁명을 원하고 패배에서 시작된 질서를 원한다. 오늘 난 이성애 결혼식에서 할 수 있는 파격적이고 우아한 순간들을 본 것 같았어. 너의 아버지는 축가를 부르다 간주 부분에서는 슬아와 너의 책 제목을 이용해서 내레이션도 하셨지. 〈너무 절박해지지 말고 아무튼 노래도 하고 당근 마켓도 많이 하고 끝내주는 인생을 살거라!〉* 촉망받는 두 젊은 이에게 세대의 배턴을 넘기며 미래를 긍정하는 어른의 축복이었다. 이 순간은 너무 듣고 보고 싶었던 이야기지만 절대 일어날 수 없다고 굳게 믿으며 사는 사람의 체기를 바늘로 찌르는 듯했다. 내 인생에서는 죽어도 없을 것 같은 장면이기에 부러워서 화조차 났다. 이 결혼식을 해낸 슬아와 네

* 차례대로 이훤의 『우리 너무 절박해지지 말아요』, 이슬아의 『아무튼, 노래』, 이훤의 『아무튼, 당근마켓』, 이슬아 글, 이훤 사진의 『끝내주는 인생』 참조.

가 나보다 더 어른같이 느껴져서 나는 어리광쟁이처럼 울었다.

너는 왜 잘 우니. 어떻게 눈물을 말리지 않고 계속 울며 살았니. 나도 그래. 너무 슬펐던 사람은 버석하게 눈물이 없던데 나는 그런 멋도 없이 질질 짠다. 아마 살고 싶어서 그런 걸 거야. 너는 결혼식 마지막쯤에 이야기했지. 예전보다 살고 싶어졌다고. 슬아와 함께한 몇 년간이 너무 행복해서 요즘은 택시를 탈 때 안전벨트도 맨다고. 난 모르지만 휜아. 무슨 말인지 알아. 살아간다는 자해. 타살되기를 기다리는 삶. 나도 너무너무 알아. 결혼 축하해.

*

택시를 타고 안전벨트를 맨 그 애에게 이 이야기를 들려줬다. 나는 내가 살고 싶은지 죽고 싶은지 모르겠기에 울었다. 그 애는 미안하지만 나를 알고 나서도 죽고 싶었던 경험이 있다고 이야기했고, 그 순간 나는 그렇다 쳐도 너는 살고 싶었으면 좋겠다고 아니 솔직히 너는 살고 싶어야 하는 거 아니냐고 생각했다. 휜아 미안하지만 지금 세기의 결혼식이 사람들을 서로 의심하게 한단다. 저 정도는 되어야 사랑인가 싶어서 외로운 기분을 느끼게 하지. 딱 술이 맛있어지는 기분 그런 거지.

> 술 참는 김에 몇 주 전에 쓴 일기를
> 타이핑하고 있는 새벽의 사월

2023년 10월 30일
어떻게 그럴 수 있어?

나는 내가 그렇게 많이 울 줄 몰랐어.

사내새끼가 왜 우냐는 말을 그렇게 많이 듣고도, 울 때마다 동네북처럼 놀림당하고도 왜 이렇게 눈물이 날까. 미안할 때 고마울 때 지나간 시절의 나를 타인한테서 볼 때……어김없이 운다. 누가 나를 복잡하게 알아줄 때도.

그러다가도 기억한다. 울지 않던 시절의 내가 잘 흐르지 않았다는 거. 그리고 남성성은 하나가 아니라는 거. 세계에는 동물과 식물의 수를 합친 만큼 여러 양상의 남자가 있다. 우리는 하나가 아니다. 〈남자 같다〉는 말을 해체하고 다시 들여다볼 필요가 있다. 남자다운 모습은 취약한 상태에서도 드러나고 요란하지 않아도 구현된다. 몸짓이 아니어도 드러난다. 우리는 자신의 자신 됨을 계속 검토하고 정정해야 한다.

몇 해 전까지는 그런 생각을 자주 했다. 누가 강제로 내 삶을 멈춰 주면 좋겠다고. 뜻밖의 사고로 세상을 떠나 버리면 이 지난하고 수고스러운 삶을 그만 살아도 될 텐데. 아무도 책임지지 않고 떠나고 싶은데 죽을 용기는 나지 않아서 그냥 살았다. 삶은 기쁨보다 고통을 더 많이 수확하는 밭이니까. 어느 순간부터 삶은 최선과 상관없는 문제라고 생각했다. 그러다 슬아를 만났어. 살아 있음에서 오는 책임은 무겁지만 그래도 사는 게 좋아졌다. 머물고 싶어졌다. 이 울타리를 잘 지킬 수만 있으면 그걸로 충분하다고 생각했어. 한 사람 때문에 이렇게 달라질 줄 나도 몰랐다.

결혼식 날 아빠가 슬아와 내 책 제목을 인용하며 축복할 때 나도 둑이 무너지듯 울었다. 아빠는 사랑이 많지만 그것을 매일 살갑게 말하지는 않았다. 그날, 그렇게 온 마음 다해, 큰 소리로 축하해 줄 줄은 몰랐어. 아빠가 집에서 백 번도 넘게 연습했다는 건 나중에 알게 됐다. 나는 아빠를 잘 모르는지도 모른다. 가족 바깥의 〈종찬〉을 이제부터 찬찬히 알아 가야겠다고 그날 다짐했어. 가족이라는 거 이상하지 않니. 가장 못생긴 서로의 얼굴을 알면서 빛나는 모습 앞에 둔하기도 하고, 편한데 불편하고, 짜증 나는데 애틋하고. 돌이켜 보면 나는 가족에게 가장 인색했다.

사월의 창법도 집 안에서 큰 소리를 내지 않으려다 생겨 났다며. 식구들이 들을까 봐 이불 덮고 조용히 연습하다 지금처럼 부르게 되었다는 사실을 떠올리다 오묘한 기분에 휩싸인다. 어떤 복잡한 사랑과 증오와 우애를 지나온 거니.

너는 많은 무대에 서봤지. 종찬은 공학을 교단에 오래 서왔지만 백 명 앞에서 노래하는 무대는 두려웠을 거야. 한편 무대였기 때문에 그렇게 말할 수도 있었을 거로 생각해. 너도 알고 있지. 무대에서만 말하게 되는 진실이 있다는 거. 가장 취약해지고 또 용감해지는 곳이 무대라는 거. 너는 이제 무대가 편안하니?

사람들 앞에 설 때 나는 아직도 조금은 긴장해. 눈빛을 받고 돌려주려면 그만큼 용기를 내야 하더라고. 받는 일도 힘이 들더라고. 그럴 때마다 속으로 다짐해. 너무 빨리 반응하지는 말자. 잠깐 침묵해도 괜찮다. 충분히 생각하고 이야기하자. 얼마 전 유진목 시인의 북 토크를 봤어. 진목은 노를 잠깐 놓친 뱃사공처럼 말을 오래 멈추었다가 이렇게 말했어. 너무 힘들 때는 힘들다고 말할 수 없다고. 그런데 겪는 동안 말을 할 수는 없어도, 쓸 수는 있다고. 그래서 책 안에서 자기가 자꾸 슬퍼지는 거라고.

사는 나와 쓰는 나 사이 슬픔에도 시차가 있다는 이야기로 들었어. 어떤 중요한 장면에 우리는 늦는다. 띄엄띄엄 돌아가서 기록한다. 사월이 만드는 음악도 비슷할까? 조금은 위태로운 사람이 발휘할 수 있는 사랑이, 무대에서 가능해지는 용기가 있다고 믿게 됐다.

「밤에서 아침으로 가는 통신」에 네가 쓴 가사를 생각해.
서로에게 우린 입을 맞추네
서로가 없는데도

타인과 우정하는 리듬을 이것보다 잘 담은 문장이 있을

까. 우리는 거기 자주 없다. 어깨를 빌려주고 입을 맞추는
데도. 거기 있다. 당장 눈앞에 보이지 않는데도. 열네 시간
만큼 먼 나라에서 나를 뚫고 지나간 대화가 이 노래와 함께
다시금 도착했다. 나의 안팎을 만든 우정에게도 삶에 별다
른 애착 없던 나에게도 사무치는 문장이다.

어떻게 하면 이런 가사를 쓸 수 있어? 모두의 서재 깊숙
이 들어가 중요한 페이지를 펼쳐 버리고 마는 가사를.

사월이 자주 살고 싶으면 좋겠는, 훤

2023년 11월 5일
공항에서

휜아, 지금 나는 김포행 비행기를 기다리는 공항이야. 반가운 너의 편지를 여기서 읽으니 좋다. 안내 방송이 울리는 탑승구 근처 벤치에 앉아서 뭐라 답장을 보낼지 끼적이고 있자니 번잡한 풍경 속 나 혼자 특별해진 기분이 든다. 다른 차원이 이어진다는 건 생각보다 비현실적인 게 아닌지도 몰라. 이 풍경이 며칠 후의 너에게 전해질 테니까.

나 사실 애인에게 헤어지자고 말했다가 도로 붙고 오는 길이다. 웃기지. 나 은근 칼같아서 이런 거 잘하는데 잘 안 될 때도 있네. 내가 애랑 왜 헤어지려고 했느냐면 이 친구의 언어를 해석하려다가 지쳐 버렸기 때문이야. 얘는 이해하기 어려운 함축적인 언어를 빈번하게 쓰고 그게 와닿지 않아서 힘들었어. (예: 나는 산꼭대기 위에 쌓인 눈이 안 녹는 느낌인데⋯⋯.) 대화가 안 되는데 어떻게 사랑을 하나 싶었지. 이별을 고하고 괴로워하는 걔를 보고도 내 마음은 어쩔 수 없다고 생각하고 있는데 그 애가 갑자기 날 보며 이러는 거지. 사실 사월에게 이때 좋다고 말하고 싶었어. 이때 이쁘다고 말하고 싶었어. 좋았어. 이뻤어. 나는 화가 나서 눈물이 났어. 너. 지금. 이제 와서. 이걸 말하면 어떡해?

나는 훤이 네가 우는 남자라서 좋다. 남성 해방은 눈물로부터의 자유에서 시작될 수 있을지도 몰라. 좀 짓궂은 것 같지만, 둑이 무너지듯 울 수 있는 네가 좋다. 결국은 무너졌으면 해서 부드럽게 경계를 쌓아 둔 거 아니야? 넘쳐흐른 눈물이 너의 글과 사진과 생의 기쁨으로 흘러갈 걸 생각하니 눈물이 단비 같다. 너는 살고 싶은 것보다 강하게 끌리는 마음을, 죽고 싶은 것보다 괴로운 믿음을 아는구나.* 그런 사랑을 하는 중이구나. 부러워 죽겠다. 나는 이거 사랑하는 사람이 떠나고 나서야 쓴 가사였거든. 솔직히 그녀와 결혼

* 김사월의 노래 「너만큼」(2021)에서 가사 인용. 이훤의 결혼식에서 김사월은 이 노래를 축가로 불렀다.

했다면 그런 감정 충분히 느낄 만하지. 아름답고 단단한 몸이 드러나는 슬아의 웨딩드레스 차림을 보고 PK & TK 여성 테이블(지난 편지 참고)의 멤버들은 감탄과 한숨으로 말했다. 「야…… 이휜 좋겠다…….」 나도 네가 질투 나지 않는 건 아니지만 이 정도의 귀여운 시샘보다 더 험난할 이슬아의 남자(진짜 구린 표현이라 왠지 써본다)가 개인적으로든 사회적으로든 기꺼이 될 수 있는 네가 되게 강하다고 생각했다. 그 부분도 몰래 시기한다.

「밤에서 아침으로 가는 통신」의 가사를 어떻게 쓸 수 있느냐는 너의 물음에는 이렇게 답하고 싶다. 어떤 의미로는 나는 사랑을 못 하기 때문에 이런 노래를 만든다. 아니 얼마나 많은 이가 사랑해 주었는데 파렴치하게 또 습관처럼 사랑을 못 한다고 이야기하고 있네. 그래 정정할게. 나도 언젠가 진짜 사랑을 하고 싶기 때문에 이런 노래를 만든단다. 넌 누군가가 널 복잡하게 알아줄 때 눈물이 난다고 했지? 그 마음에 사무치게 동감해. 아니, 그냥 완전히 찬성한다. 나 역시 다면적인 내가 복잡하게 알아차려지는 순간을 지나치게 갈망하고 꿈꾸기에 가족도 이해해 주지 못할 정도의 내 모습을 무대 위에서 훌렁 보여 주며 모르는 사람들에게 날 사랑해 달라고 이야기한단다. 이런 나도 사랑을 할 수 있을까?

낮고 웅얼거리는 목소리였지만 노래만 부르면 나의 목에서는 너무 〈여자〉같이 미약한 소리가 났다. 약간 수치스러운 기분과 동시에 묘한 쾌감을 느꼈다. 이불 속에서 진짜 조그맣게 중얼거리며 노래를 불렀다. 어른들은 나한테 관심도 없으면서 표면적으로는 착한 〈여자아이〉이길 바라더니 내가 〈여자〉인 게 들통나면 어쩔 줄 몰라 하더군. 쪼잔한 나는 어린 시절 느낀 결핍에 대한 복수로 가족에게 영원히 내 진짜 모습을 보여 주지 않기로 다짐했다. 시디를 왜 사냐며 음악 좋아하는 건 대학교 가서 하라는 잔소리는 결국 시디 파는 여자애를 만들고 말았네. 이런 에너지로 만들어진 현재의 나는 너무 잘 살아. 따뜻하고 청결한 집에서 건강한 몸과 마음을 향해 일상을 다듬다 보면 감사한 기분이 들다가도 가끔은 이 모든 것이 가짜 같아. 슬픔을 팔아서 받은 것들로 행복해졌으니까.

처음에는 말 못 할 내 이야기를 세상에 흘려보내는 게 좋았고 어떤 때에는 사람들이 원하는 모습이 되고 싶었다면 지금은…… 스스로에게 말하듯이 무대를 하고 싶다고 생각해. 요즘은 그런 무대를 했을 때 후회가 덜하더라. 어떤 척을 하고 나면 정말 괴롭고 수치스러워. 타인의 취향과 호감이 나의 직업적 생존을 결정하지만 결국 생긴 대로 굴어야 한다니 참 어렵다.

이렇다 저렇다 그래도 난 무대가 좋아. 관객들이 무대 위만 봐야 하는 아름다운 강압도 좋아. 음악 같은 걸 하겠다고 생각도 못 하던 때에도 난 무대 위의 사람들을 보면 간질거리고 두근거리더라. 부럽다는 건 내가 뭘 원하는지 알 수 있는 알람 같은 거겠지. 너도 이런 기분 알까? 시를 안 쓸 때도 시가 부러웠니? 무대까지 올라가 버리는 사람은 그럴 수밖에 없는 이유가 있는 거겠지. 너도 나도 긴장되고 두렵다면서도 기어코 무대 위로 올라가는구나.

추신)
네가 마이크로소프트 워드 유료 구독을 하는 것을 보고 따라 샀다. 노트북에 펼쳐진 흰 워드 창을 보고 있으니 뭔가 더 프로페셔널한 아이스 링크장에 온 것 같네. 이 하얀 화면을 채우는 게 두렵지 않은 사람이 있을까. 그래도 너는 여기서 가끔 위안을 받고 어떨 땐 편안한 무대로 쓰기도 하겠지?

추추신)

『보스토크』에 실린 너의 글을 짧게 스치듯 봤다. 사실 전체를 읽고 싶었는데 네가 인스타그램에 올린 부분만 봤다……. 거기서 너는 사진 작업을 하는 프로그램 〈라이트룸〉에 대한 이야기를 하던데 진짜 자기 이야기를 하는 사람에게는 주변 공기가 부드러워지는 느낌 아니? 네 글에서 그런 냄새가 나서 넌 사진을 참으로 사랑하고 시기하고 아낀다고 생각했다.

추추추신)

『아무튼, 당근마켓』에서 네가 정말 찍기를 기다려 왔던 장면을 놓쳐서 아쉬워하는, 어디를 어떻게 찍고 싶었던 건지 구구절절 설명하는 글을 읽으면서 생각했다. 못 찍었던 그 사진 지금 찍어서 보여 줬네…….

편지 받자마자 아이폰 메모장으로 미친 듯이 답장 써두고
정리하다 보니 어느덧 11월의 어느 날인 사월

2023년 11월 12일

비행기 속 비행기 속 크고 작은 비행기들

곤히 잠든 슬아와 고양이들 옆에서 빈 문서를 열었어. 한밤중이야. 빛이라고는 아이패드 화면에서 쏟아지는 각진 광망뿐이다. 말이 다 가라앉아 바닥이 데워지는 이 시간을 좋아해. 네가 편지에 써준 문장들이 좋아서 몇 번이나 다시 읽었어.

어둠 속 화면 앞에 나만 깨어 있으니까 밤 비행을 하는 것 같아.

아주 약한 얼굴로 잠의 세계에 가 있는 연인을 보고 있으면 괜히 안쓰럽고 강해지고 싶다는 마음이 들어. 너도 알겠지. 〈네가 다친다면 / 나는 나는 떠나서 널 슬프게 하는 / 널 힘들게 하는 / 세상을 베어 버릴게〉* 같은 가사를 썼잖아.

애인과 다시 붙었다니 좋아. 조금 웃기도 했어. 〈산꼭대기 위에 쌓인 눈이 안 녹는 느낌〉이라고 말하는 그가 한편 이해되기도 해서. 이미지 중심적인 인간이 애인 앞에서 멋지고 싶은데 방법을 잘 몰라서, 잘하고 싶은 맘이 커질수록 어눌해졌던 나를 떠올렸다.

이유는 조금 다르지만 나도 슬아를 처음 만났을 때 그랬다? 타국에서 오래 생활하며 한국어를 못 쓰니까 일상어가 말랐다. 미팅할 때만 썼더니 모국어는 작업 관련된 것만 남더라. 그렇게 십 년이 흐르니 거짓말처럼 생활, 음식, 사랑 같은 일상을 설명하는 데 필요한 언어가 부족해졌어. 언어 일부가 죽었던 거야. 사용하지 않으면 언어도 동면하더라. 동면에서 깨어나지 않은 것들은 버리고. 슬아가 회상하길 내가 미술관 도록처럼 말했대. 나에게 소중한 언어가 서서히 죽어 가는 느낌을 사월이도 아니. 그 죽음이 일어나는 줄도 모르고 흘려보낸 시간을 돌이켜 보면 좀 슬퍼. 한국어로

* 김사월의 노래 「칼」(2023) 중에서.

더 많은 친구와 이야기하고 싶은데 그럴 수 없었거든. 한국 영화나 팟캐스트 같은 걸 자주 틀어 놨던 기억이 나.

한국에 돌아오고 내 일상어 도서관은 찬찬히 다시 채워지고 있어.

바로 그 한 사람의 구조와 질서를 잘 배우고 싶어 시간을 바치는 게 사랑일 텐데. 그 과정 동안 일어나는 변화가 신기해. 서로의 언어를 닮고 놀리고 또 뒤집기도 한다는 게. 연인뿐 아니라 가장 가까운 사람들도 그런 침범을 하지. 바라지 않을 때도 그런 일은 일어나고. 얄팍한 어른들을 향한 복수심과 불만족이 만든 에너지로 네가 너무 잘 산다는 이야기를 읽으며 복잡한 마음이 든다. 근데 슬픔을 팔아서 받은 것들로 행복해도 된다. 가장 중요한 걸 내어 준 거잖아. 그 노래들 때문에 얼마나 많은 사람이 움찔했는지, 얼마나 많은 새 눈빛이 태어났는지 아니. 네 유년의 어른들 태도는 애석하지만 이 세상에 너의 음악이 있다는 게 안도되고 고맙고 미안하기도 해. 나도 비슷하게 느껴. 결핍은 슬픔을 더 뾰족하게 만들지. 그걸 들고 우리가 무대에 서고.

〈이슬아의 남자〉라니. 푸하하. 1990년대 연예 신문 헤드라인 같아서 웃기고 영광스럽다. 골라야 한다면, 시기 질투 받는 신랑이 아무 시기 질투도 받지 않는 신랑보다 낫다고 생각해 본다.

맞아, 창작자로서 용기가 필요하지. 유명한 아티스트의 파트너가 되고 그의 가장 가까운 동료가 되는 건. 작가로서 내가 작아질 수 있으니까. 질투하다 못해 자신을 미워하게 되기도 하니까.

나 사실 비슷한 거 많이 해봤다, 사월아. 슬아 만나기 전에 얼마나 많은 시인과 사진가를 부러워했는지 몰라. 동경하고 흉내 내고 친구들 앞에서 모질게 말하기도 하고. 등단하기 전에는 데뷔하지 못한 설움 때문에 그랬고, 첫 전시를 하고 나니까 진짜 경기가 시작된 것 같아서 그랬어. 초조했나 봐. 내가 아무도 아닐까 봐. 바랐던 종류의 이야기를 만들지 못할까 봐. 발이 뜨거웠던 시절이었어.

비슷한 종류의 마음이 요즘이라고 아예 없는 건 아니다. 왕성한 동료들 볼 때 여전히 어떤 날은 불안의 종이 울려.

그때마다 찬찬히 그 앞으로 가서 충분히 듣고 종을 땅에 내려놓거나 안 보이게 덮어 둔다. 며칠 지나 돌아가면 없어졌기도 하더라. 그리고 그럴수록 좋은 일 생긴 동료들을 힘껏 축하해 준다. 그들이 잘되는 게 나에게도 이로운 일임을 기억하려고 애써. 친구들과 서로 영향받으며 함께 더 나은 작업자가 되는 게, 모두 정체된 우리보다 훨씬 낫다. 그리고 떠올려 내고 만다. 우리는 다르게 탁월하다. 나만 나처럼 만들 수 있다. 건강한 동료이자 친구이고 싶어서, 배 갑판에서 중심 잡는 것처럼 끊임없이 앞발과 뒷발로 자꾸 몸을 곧게 세워 본다. 십 년이 지났는데도 그런다. 사월도 비슷한 배에 오를 때가 있는지.

이 지난하고, 자칫하면 모두가 누추해지는 화두 앞에서 고꾸라져 본 다음에 중요한 사랑을 만나서 다행이야.

슬아와 괜찮았던 다른 이유는 존경해서였던 것 같아. 나에게는 좋아하는 마음보다 존경이 더 어려운 감정인데, 알아 갈수록 그리 느껴졌다. 압도적으로 멋있으면 그냥 인정해 버리게 되는 거 있잖아. 그는 자기 아닌 걸 절대 안 한다. 배제된 사람을 어디서든 살핀다. 내가 아는 사람 중 가장 성실하고 언어 앞에 겸손해. 게다가 자기 언어를 치열하게 벼려 왔으니 어찌 존경하지 않을 수 있겠어.

자라면서 무대에 서는 사람은 누구나 큰 음성을 갖게 된다고 은연 중에 믿게 되었던 것 같아. 한편 내 목소리가 작다는 걸 받아들이는 게 어려웠어. 마이크를 쥔다고 해서 모두가 커지진 않는다. 하지만 **어떤 자리에서는 작은 목소리가 더 잘 들린다**. 그 비밀을 기억하기로 한다.

내가 가진 작은 한 줌의 불을 귀하게 여기려고 연습해 왔다. 여리다고 해서 그것이 불이 아닌 건 아니라고, 자주 환기하면서. 그 불도 쓰임이 있다고 십 년 동안 천천히 믿게 되었다.

사월도 존경하는 사람이 있어?

2023년 11월 15일

비행기 속 비행기 속 크고 작은 비행기들 II

사월아, 네가 써준 〈자신에게 말하듯이 무대를 하고 싶다〉는 문장이 어제 무대에서 꼭 필요했다. 말이 느린 나는 무대에서 달궈지는 데 시간이 걸리거든. 첫 질문부터 넘어질 뻔했는데, 그 순간 사월의 말을 로프처럼 잡았어. 유명한 사람과 진행하는 행사였거든. 관객들이 즐거워했고 관계자들도 좋아하셨지만 난 좀 아쉬웠어. 무대 위에서 함께 이야기하고 있지 않다는 감각 때문에 괴로웠던 것 같아. 모두가 중요한 걸 내놓는 대화를 만들고 싶었는데 그 중간 어디쯤에서 멈췄어. 이상해. 어떤 사람과는 만나고 돌아왔지만 별로 만났다는 기분이 들지 않아.

만난다는 게 뭘까?

기대가 너무 큰 걸지도 몰라. 주인처럼 모두가 촘촘하게 대화를 만드는 친구들 사이에서 내가 너무 까다로워진 걸까. 하지만 누군가와 나누는 한 시간은 너무나 함께 있는 것처럼 느껴지는데.

〈함께〉의 감각이 이렇게나 다르다.

무대에서 말을 많이 한 날은 집에 와서 유독 조용해져. 사월이도 말하거나 소리 내지 않고 발화하고 싶은 기분이 가끔 드니?

곧 발표할 사진들을 꺼냈어. 「비행기 속 비행기 속 크고 작은 비행기들」이라는 시리즈인데. 한국에 돌아와서 만든 첫 사진 작업이야. 서로를 향해 이동하고 세계를 탐닉하는 우리, 개인이라는 가장 작은 단위를 비행기로 상상해 보았어. 그리고 그 안을 드나드는 수많은 크고 작은 비행기들을.

기존에 했던 작업과 달라진 부분이 두 가지 있어. 십 년 만에 처음으로 단절감에서 뻗어 나가는 화두가 아닌 작업이라는 것. 나는 이제 연결에 대해 이야기하고 싶어졌어. 움직이는 우리에 대해. 움직이면서 부딪히고 몸을 뗐다 붙이고 이야기를 시작하는, 연결감에 대해. 오래 단절돼 온 사람들이 연결에도 천착하게 되는 거겠지. 그리고 뉘앙스에 가깝지만, 처음으로 사진에서 유머를 발휘하고 싶어졌어.

요 몇 달간 사진과 서먹했는데 사진을 고르고 배열을 고민하고 있으니 차분해져. 나를 가장 잘 알아주고, 또 가까이 두고 싶은 언어는 사진이라는 거, 이런 날 다시 알게 된다. 사월도 어떤 날은 노래 때문에 살고 싶고 또 죽고 싶겠지.

사진을 어떻게 경험해야 하는지. 어떻게 해석하고 무엇을 느껴야 하는지, 다 알아듣지 못하면 어떡할지 친구가 물어본 적 있다. 그냥 문장 읽듯이 읽어 달라고 이야기했어. 이해되지 않는 문장은 여러 번 읽잖아. 사진도 그래. 읽고 매만지다가 손가락 사이에 남는 장면과 가져가고 싶은 풍경이 있다면 그것만 쥐여도 좋다고. 이미지랑 이미지 사이 일어난 일을 상상하고 잇다 보면 어차피 모두에게 다르게 남기 때문이야. 비행기라는 은유도 그렇고 비행기를 오가며 통과하는 공항이라는 공간의 맥락도 아주 개인적이니까. 정해진 독해는 없어.

「비행기 속 비행기 속 크고 작은 비행기들」 중 몇 페이지를 동봉해. 사월에게 어떻게 읽힐지 궁금하다. 마음 편히 살펴봐 줘.

정릉 어느 비행기에서, 훤

하루 몇 개의 질문에 답할 수 있어?

당신을 찢고 조립하고 깨우는,
세계를 다시 편성하게 만드는
질문이 지금 손에 몇 개 남아 있어?

하나의 질문 때문에 이십 년 동안
머물렀던 나라를 떠났다.
당신도 그런 질문을 만난 적 있는지.
그리 오랜 시간이 걸렸다니 유감이다.
이제라도 만났다니 다행이다.

질문은 우릴 이동하게 한다.

어제는 몇 개의 대륙에 다녀왔어?

질문자도 응답자도 모르는 리듬으로
이 시절이 우릴 통과한다.

그것이 진입하는 소리가 들린다.

우리가 이륙하는 소리인가?

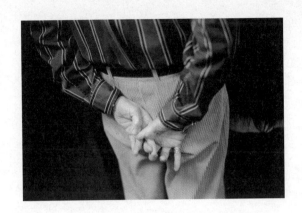

2023년 12월 7일
풀밭에서

지금 네가 선물로 준 키보드로 편지를 쓰고 있다. 정말로 낯설구나. 이렇게 누르는 느낌이 나는 키보드를 안 쓴 지 정말 오래되었거든. 학생 때 쓰던 집 컴퓨터 생각도 난다. 그치만 그것보다는 훨씬 멋이가 있다. 낯선 건 도구가 달라지니 다르게 흘러나오는 생각과 언어야. 영어 자판으로만 되어 있기 때문에 한글을 쓸 때면 외우고 있다고 생각했던 위치에서 벗어나며 자주 오타가 난다. 딱 맞는 옷을 입고 외나무다리를 건너듯 신중하게 키보드를 친다.

우린 2주 전에 앤트러사이트에서 만났지. 그사이 주고받은 편지로 네가 내적으로 가깝게 느껴졌기 때문에 너라는 형상이 진짜로 움직이며 말하는 모습을 보고는 약간 어색할 뻔했다. 알지, 나 남자 어색해하는 거…… 너는 멋을 알고 그걸 추구하는 사람이잖아. 그래서 실재하는 너의 디테일을 훔쳐보며 몰래 긴장을 풀었다. 네가 입은 옷이나 액세서리를 관음했고 네가 쓰는 하드웨어, 소프트웨어는 대놓고 훔쳐봤다. 그 물건을 왜 쓰게 되었는지에 대한 서사와 고민, 지금까지 느끼는 점들을 듣다 보면 정말 너다워. 인간은 자기다울 때 웃기고 서글프고 매력적이고 최고가 된다. 넌 커다란 가방에서 블루투스 키보드를 꺼냈다. 색상도 특이하고 자판의 어떤 부분이 정방향이 아니게 누워 있어서 이건 어디 디자이너 제품인가 생각했는데 미묘한 색깔, 무게, 키 감의 차이를 구상해서 직접 네가 만들었다는 거야. 글을 위해, 사무 메일을 위해, 새로운 심상을 위해, 어떤 건 그냥 멋을 위해 존재하는 키보드들. 나에게 선물로 줄 이 키보드를 만들기 위해 자판 구성과 부품을 조립하고 있을 널 상상하면…… 훤아, 넌 좀 웃긴 놈이야.

어쩌면 너는 삶과 언어 기반이 바뀌는 좁다란 통로를 지나가기 위해 그때 가진 소지품을 버려야 했던 서바이버였는지도 모른다. 개미굴을 뚫어 가는 듯한 너의 여정을 상상

해 본다. 익숙하지 않은 도구를 잡자마자 사용해야 하는 절
박함 속에서 너는 아이템마다의 미세한 특성을 저절로 익
히게 되었겠지. 시간이 지나 예전에 두고 온 도구를 다시 만
났을 때는 그사이 달라진 너와 물건의 특성을 기민하게 느
낄 수 있었을 것이다. 이제 너는 이런 생경함을 이용하는 사
람이 된 건 아닐지 생각해 본다. 나에게 새로운 도구를 사용
하는 경험을 나눠 주기까지 하니까 말이야. 키보드 고마워.
잘 쓸게.

사랑하는 사람이 잠들어 있는 그 가련한 모습을 물끄러
미 바라볼 수 있을 정도로 나는 강해질 수 있을까. 강해지는
게 두려워서 매번 도망치는 건지, 강해질 마음도 없는 건지
모르겠지만 나는 역시 혼자가 되었고 그게 좋더라. 나 하나
만 책임져도 되는 삶의 편리함과 고독이 좋은 거겠지. 지금
사랑을 하는 너를 보면 경외감마저 든다. 너의 인스타그램
을 본다. 거기엔 고양이 두 마리와 함께 너와 슬아가 찍힌
가족사진이 있다. 폭 퍼져 있는 고양이들을 쓰다듬는 슬아
와 그걸 보는 너. 질투받는 신랑이 아무 시기 질투도 받지
않는 신랑보다 낫다는 말에 감탄한다. 물렁해 보이지만 너는
좀 센 녀석이다. 어둠을 지나온 사람이 할 수 있는 말이라고

생각했다.

　존경하는 사람이 있냐고 물었지. 생각해 봤는데 아직 잘 모르겠어. 일단 지금은 누굴 존경할 수 있는 사람이 존경스러운 것 같다. 나 좋자고 하는 존경이 아닌 진짜 깨끗한 존경을 배우기 위해 우리는 질투라는 놈과 진흙탕에서 씨름하는 거겠지. 나는 이제 막 경기를 중단하고 샤워실에 들어온 참이라 아직도 더럽다. 달콤한 진흙의 맛이 그리워져서 갑자기 싸움판으로 뛰쳐나갈지도 모를 일이지. 이렇게 피폐해지는 건 의자에 앉아야 할 사람은 많은데 자리는 단 하나밖에 없다는 착각 때문일 거야. 아무것도 하지 않으면 내 차례가 영원히 스루through될 거라는 불안.

　그런데 그런 자리에 앉게 된다면 나는 행복할지
　거기 계속 앉겠다고 추해지는 것이 내가 바라는 일인지
　의자에 앉고 싶은 사람이 돌아가며 앉을까
　그동안 서로를 위한 의자를 만들까
　아니면 그냥 풀밭에 같이 누울까

　질투를 에너지원으로 쓸 수도 있겠지만 고작 자신을 트집 잡는 데에 사용한다면 이건 뭐 하등 도움이 되지 않을 뿐

56

아니라 오만한 태도인 거 아닌가 싶었다. 아직도 제일 사랑받고 싶다는 마음이 올라오면, 생각한다. 나는 이 생태계의 일부다. 내가 이런 식으로 뒹구는 동안 너는 파도치는 갑판 위에서 휘청이며 중심을 잡고 있었던 거구나. 내가 그랬다는 건 부끄러운데 왜 네가 그랬다는 건 좀 자랑스러울까. 내가 갈아 왔던 작고 무딘 칼은 이토록 초라한데 왜 네가 지켜 왔던 한 줌의 불은 괜히 귀하게 느껴질까.

정희진 선생님은 소통이란 불가능하고 소통하려는 시도만이 가능하다고, 완전한 소통은 아마 자기 자신과의 대화밖에 없을 거라고 하셨지. 어쩌면 우리의 편지는 자신과의 소통을 도와주는 거라고 감히 생각해 본다. 어때? 우리는 서로의 독백 신을 서포트해 주는 상대 배우야. 그런데 말이야, 이번 너의 편지를 보고 살짝 전의를 상실했다. 작품을 가져오다니 이건 반칙이지. 아니 압도적인 반칙을 해주어 고맙다. 내가 가진 도구로 너를 세밀하게 표현해 주고 싶었는데 내 손에 들린 건 뗀석기라는 걸 갑자기 자각하게 되었음. 앞으로 발전해 나갈 나를 기대하며 일단 견뎌 봐.*

* 이훤의 사진에 대해 남긴 김사월의 감상평은 본문에서 생략한다.

연말 공연이 지난주에 끝났다. 너에게 빨리 답장하고 싶었는데 그게 잘 안되더라. 평소 하던 아웃풋을 모두 참다가 그날 쏟아 내야 했다는 것을 이번 공연을 통과하며 실감했다. 공연이 끝난 다음 날 아침엔 정말 세상이 장밋빛 같아. 인생의 모든 고통을 다시 겪는다 해도 다시 이 삶을 살고 싶다는 낭만에 빠진다. 일상으로 착륙하는 데에 시간이 걸린다. 이틀 동안 스마트폰의 노예로 살았다. 자신이 어떤 도구를 사용하는가에 따라 그걸 쓰는 뇌의 부분이 커지면서 활성화된다면서? 뚱뚱해진 스마트폰 뇌를 다이어트시키며 조금은 내가 더 좋아하는 내 모습으로 돌아오는 통로에 너에게 편지 쓰기가 있었다. 다행이다. 글을 쓸 수 있고 그걸 기다리는 사람이 있다는 것이. 다시금 느낀다. 내가 가야 할 곳은 〈좋아요〉가 아니고 〈좋아합니다〉의 세계다.

정신적인 면도를 마치고 말끔해진
사실 마무리 작업은 원래 내 키보드로 하고 있는 사월

2023년 12월 13일

만나지 않으면 아무 일도 일어나지 않는다

사월아,

네가 보내 준 편지는 언제나 그렇듯 정말 아름답다. 고개를 절레절레 저으며 다시 읽어. 이렇게 잘 쓰면 어떡하냐. 작가 살려.

진짜 깨끗한 존경을 배우기 위해 우리는 질투라는 놈과 진흙탕에서 씨름하는 거겠지. (……) 이렇게 피폐해지는 건 의자에 앉아야 할 사람은 많은데 자리는 단 하나밖에 없다는 착각 때문일 거야. 아무것도 하지 않으면 내 차례가 영원히 스루될 거라는 불안. (……) 아직도 제일 사랑받고 싶다는 마음이 올라오면, 생각한다. 나는 이 생태계의 일부다.

이 문단이 너무 좋아서 통째로 내 눈 안쪽에 붙여 놓고 싶다. 전단지로 만들어 좋아하는 동료들과 친구들 모두에게 돌리고 싶다. 호외요! 호외요! 우리가 배회하던 이유가 여기에 있소!

네가 사진을 읽어 주는 방식이 고맙다. 어떤 시선은 정성에서 오니까. 세 장의 사진으로 이루어진 트립틱을 보며 뜬금없이 〈계명대학교 대명 캠퍼스〉 떠올리는 사람이 〈싫어하는 고향에서 좋아하는 풍경을 만난 패배감〉 또한 그려 주기도 하는 거잖아. 고향이라는 비행기. 사람이라는 비행기. 그 속에 머무는 마음을 알아주고. 케이지에 갇힌 새의 비행을 눈치채 주고 말이야.

사진이 우릴 어디로 데려갈지는 사진가도 모른다. 읽는 사람도 모른다. 확실한 건 어떤 사진을 만나고 나면 우리는 조금 달라져 있다. 만나지 않으면 아무 일도 일어나지 않는다. 그래서 계속 미지와 우연으로 이루어진 세계를 만든다.

사람들이 사진을 각자 방식대로 읽는 모습을 나 진짜로 좋아한다. 평소 사진집을 사 보는 독자님은 드무니까. 북 토크 때 사진 시리즈를 보여 드릴 때가 있거든. 복수의 사진도 경험해 보시라고. 정교하게 연결한 열 장에서 스무 장의 사진을 함께 보는 동안 흐르는 침묵을 아낀다. 다 같이 사진 깊숙이 침잠하는 게 느껴지거든. 골똘해진 표정으로 자기 앞에 놓인 이미지를 드나드는 모습이 얼마나 귀한지. 사진은 독해되길 기다리고 우리 또한 읽히기를 원하기 때문이다. 모두가 만남을 기다리잖아. 우리는 한 장의 이미지 때문에 더 멀리 가고 더 자유로워지고 더 세세하게 슬퍼할 수도 있다. 사람들이 사진을 무서워하지 않았으면 좋겠다. 들어서는 독자마다 풍경이 달라지는 방이 사진이라면 좋겠다.

가장 중요한 건 읽기로 하는 마음일 거다.

나 사실은 갤러리에 들어갔다가 오 분도 안 돼서 나온 적도 있다. 전시 설명도 읽지 않고. 동료의 전시였는데도 그랬어. 작품이 좋지 않아서는 아니었고. 어떤 날은 타인을 똑바로 바라보기에 스스로 모자라잖아. 게으른 독자가 되지 말자면서 그랬다. 누구한테나 촘촘한 언어가 버거운 날이 있다는 걸 기억하고 싶다. 고요한 흰 벽도, 두꺼운 사진 책도 도저히 머물 수 없어 뛰쳐나오는 시끄러운 노래 같을 수 있지.

그래서 읽어 주는 이들에게 더 고맙다. 세상이 너무 많은 언어를 눈과 귀와 입에 욱여넣는 이 시대에도, 굳이 내가 만 든 이미지를 봐주는 사람들이. 보아 주는 눈이 있어 품이 생 긴다.

너의 친구이자 독자, 훤

2023년 12월 17일
무서워하는 걸까?

　인천 공항에서 떠나온 지 스물세 시간이 지났다, 사월아. 아직도 우리는 신혼여행을 위해 이동하고 있다. 은유로써의 비행은 풍요롭고 간편하지만 실제 비행은 이제 신물이 나.

　한나절이 지나서야 호놀룰루 국제공항에 도착했어. 다시는 오지 않겠다고 다짐했는데 여길 또 왔다. 내심 미워했던 미국 땅인데 둘이 함께 오니 마음이 괜찮다. 한 사람 때문에 머무는 공간이 완전히 달라지기도 한다. 슬아는 작가로 데뷔한 뒤에 생긴 폐소 공포증 때문에 오랫동안 엘리베이터나 기차, 비행기 타는 걸 무서워했거든. 가끔 과호흡이 오기도 했고. 근데 함께 타니까, 같이 비행기 안을 천천히 걸어 다니기도 하고 불 꺼진 기내에서 스트레칭도 하고 「해리가 샐리를 만났을 때」를 나란히 보기도 했다. 마음이 작동하는 방식은 신비롭다. 꼭 맞는 열쇠가 우릴 꺼지게 하고 또 켠다는 사실이.

한 사람 때문에 보폭이 송두리째 뒤바뀐다.

착륙하자마자 집채만 한 이민 가방 둘과 벽돌 같은 카메라 가방을 찾았다. 무서운 눈으로 쳐다보는 수색대 직원을 지나 한 번 더 짐을 부쳤어. 경유선을 기다리고 있다. 이사 가는 사람처럼 대체 왜 이렇게 바리바리 싸 온 걸까. 이민자의 습성이 남아 있나. 카메라는 왜 다섯 대씩 가져온 거냐. 자기가 필요한 모든 걸 지고 다니는, 걸어 다니는 집 같다.

아직 사진에 대해 욕심이 많나 보다. 충분히 담아 오지 못할 가능성이 두렵다. 놓친 풍경을 일 년 동안 생각할 때도 있다. 대개는 같은 장면을 다시 만나지 못한다. 그렇게 카메라를 세 대씩 이고 다니는 사람이 된다. 가능성 때문에, 아무것도 흘려보내지 못하는 사람이 된다.

고생한 것보다 더 많은 이미지를 담아 오리라 다짐을 욕설처럼 읊조렸다.

여기까지 쓰고 비행기가 이륙했다.

비행기는 이상하다. 이 좁은 공간에 몇백 명이 탄다는 게. 인간이 타이타늄 쇳덩이를 만들었고 여기 오르면 대륙을 횡단할 수 있다는 게. 열 몇 시간씩 앉아서 아무렇지 않게 식사도 하고 잠도 자고 면세품도 사고 옆에 앉은 사람과 내년에는 기억나지 않을 농담을 한다는 게. 오랜만에 비행기에 오르니까 일 년에 한 번씩 장기 비행을 하던 시절이 떠올라 조금 토할 것 같다. 원하지 않는 걸 알면서 어떻게 그리 오랫동안 했지. 스스로에게 물었고 개는 대답을 안 했다.

2023년 12월 18일
당신의 화면은 9초 뒤에 준비됩니다

아주 천천히 끓다가 차올라서 목전에 오래 머무는 그런 말을 만들고 싶다. 그런 책을 쓰고 싶다. 몇 발짝 지나서 다시 생각하게 되는 사진을 찍고 싶어.

사월아, 나는 낮은 끓음을 성취하고 싶다.

그을리기 직전의 뜨거움, 그런 재료야말로 성실하고 꾸준한 생활에서 시작되는 거라 믿는다. 먼 섬까지 왔지만 공원에 가거나 바다에 가고 장을 보는 데 시간을 쓰고 있다. 그동안 쌓아 온 체계로부터 잠시 멀고 싶나 봐. 능률을 위해 몇 달, 몇 년 동안 루틴을 쌓아 놓고, 그걸 해체하기 위해 수

천 킬로미터를 날아가는 인간의 모순에 대해 생각한다.

이주 생활을 끝내고 한국으로 돌아간 뒤에는 작업에도 변화가 있었다. 십 년 넘게 단절감에 관해 쓰고 탐구해 왔는데, 어떻게든 그 상태를 벗어나고 싶었는데 사월아. 그러니까 한 시절 내내 간절하게 연결되고 싶었던 나인데, 닿지 않고 싶다는 생각을 요새는 가끔 한다.

사람은 정말 이상해.

얼마나 멀리 왔냐면, 오아후섬에서 또 한 번 비행기를 타야만 갈 수 있는 빅 아일랜드라는 섬이야. 1천5백 미터 산속 깊이 자리한 산장이라서, 여기서 사라지면 아무도 우릴 못 찾을 거다. DVD랑 1990년대 영미 소설들이 가득 들어차 있어. TV는 있지만 아무것도 안 나온다.

〈Your TV will be ready in 9 seconds(당신의 화면은 9초 뒤에 준비됩니다)〉라고 안내하는 스크린이 나왔는데, 한 시간이 지나도 그 9초가 흐르지 않는다. 어떤 시절에는 내게 세상이 그 TV 화면 같았다. 아무리 발버둥 쳐도 아무것도 움직이지 않았다. 아무도 들어서지 않았다.

그러다 한참 시간을 벌고 싶었던 시절에는 세상이 멈추

흰   67

길 바랐다.

주인과 셋이 TV 앞에서 별 사사로운 이야기를 다 하며 기다렸다. 마침내 상담원에게 전화했는데 한 시간을 도와주었지만 TV는 나오지 않았다.

상담원도 중간에 반쯤 포기했는지, 연결을 시도하고 기다리는 동안 자신의 가족사, 연말에 가고 싶은 장소와 새해 계획 같은 걸 이야기해 주었다. 비로소, 고장난 무언가를 붙들고 절박하게 전화 걸던 기억이 난다. 미국은 가게들이 대개 멀고 인건비가 비싸니 온라인이나 전화 연결을 장려한다. 미국에서 지낸 시간의 몇 할은 핸드폰을 붙들고 보냈을 거야. 상담원이 함께할 테니 조금만 기다려 달라는 메시지가 어떤 날은 30분도 넘게 말하는 인형처럼 건조하게 재생됐다.

이민 초기에는 영어가 서툴러서 긴장하곤 했다. 바로 그 단어가 떠오르지 않을 때마다 손끝으로 무어라도 잡고 싶은 사람처럼, 산만하게 손을 움직이며 더듬던 모습이 생각난다. 이 나라에서 느꼈던 막막함이 데자뷔처럼 돌아오는데 그게 싫기도 하고 나의 근간으로 돌아간다는 착각처럼 느껴지기도 한다. 어쩌면 아주 싫어하는 마음과 아주 좋아하는 마음은 구분이 어려운 것일지도 몰라.

  TV와 넷플릭스 없는 일주일은 아주 느렸어. 느려서 좋
았다.

2023년 12월 31일
종말을 앞두고 출근을 한다

너의 연말과 연초는 어떻게 흐르고 있니. 또 365번 해가 뜨고 지다니. 다시 1월이라니. 믿을 수 없다. 새 마음을 갖추려고 인간이 주마다 달마다 해마다 결승선을 마련해 두었다는 게 조금 귀엽다. 같은 항구로 계속 돌아오는 배처럼 우린 조금씩 마모되지만.

〈올해의〉로 시작하는 문장을 여럿 쓰다 지웠다. 기억에 남는 산책과 기다림이 많았다. 내년에 시작될 여러 권의 농담과 만남이 거기서 시작될 거다. 고맙기도 하고 왠지 뭉클해져서는 새해 다짐 같은 걸 말하려다 주머니에 도로 넣었다.

여기서도 일어나면 땅콩 볼과 폼 롤러를 꺼내 관절을 푼다. 몸을 먼저 깨우는 게 좋아. 그리고 흐르는 물에 사과와 토마토를 씻는다. 씻는 동안 단순하게 과일의 표면과 그것을 물에 씻기는 행위에만 집중하게 되는데, 그럴 때 조금 더 살고 있다는 감각이 드는 건 왜인지. 정릉에서도 반복해 온 일인데 먼 데 있으니 묘하게 조금씩 더 불편하다. 매일 쓰던 수세미와 비누, 도마와 칼을 천천히 몸에 다시 익힌다.

몸과 마음과 공간이 일치하려면 시간이 걸린다.

한편 가만히 있는 게 더 어렵다는 걸 실감한다. 바다에 쉬러 갔는데 원고를 자꾸 꺼냈다 넣었다 했다. 소음도 없고 취객도 없는 평화로운 그 바다 앞에서 자꾸 다음 일 생각을 하는 거 있지. 일을 안 하면 불안한가 봐. 효용에 중독됐나 봐. 작업이 나보다 더 커졌구나 싶어서 경각심마저 들었다. 슬아는 몸이 흠뻑 젖은 채 바다에서 돌아오고 있고 나는 노트북과 교정지를 가방에 쑤셔 넣었다. 애써 돗자리에 누워 있었다. 시도 때도 없이 꺼내 쓰는 삶을 이제는 지양한다. 모든 순간을 이미지와 텍스트로 만들다가는 정작 중요한 순간에 우리가 모자랄 거다.

올해는 덜 일하고 싶다. 걷고 듣고 멈추고 보는 데 시간을 할애하고 싶다.

애니메이션 「종말에 대처하는 캐럴의 자세」를 빈지워칭했다. 일곱 달 안에 세상이 종말한다는 전제로 이야기가 시작한다. 사람들이 직장을 그만두고 온몸에 문신을 하고 옷을 벗고 다닌다. 크루즈 타고 세계 일주도 떠난다. 그리고 그들 사이에서 캐럴은 회사에 다닌다. 종말을 앞두고 어떤 사람들은 계속 출근을 한다. 의미라는 게 뭘까. 무엇이 우릴 살게 할까. 이 많은 생명을 움직이고 눈 뜨고 다시 일하게 하는 그거. 그게 뭘까? 생각하다가 세계 일주를 떠난 히피 캐릭터와 캐럴 사이에 있는 나를 보고 흠칫 놀랐다.

의미는 〈좇을 의〉와 〈작은, 자질구레한 미〉가 합쳐져 생긴 단어더라. 작은 것을 좇는 동안 의미를 얻게 된다고 해석하고 싶지만, 나에게는 큰 것들도 중요한데. 큰 것들만 좇다 보면 어떤 날은 의미조차 의미가 없다. 의미 없이도 어떤 장면은 이어져야 한다. 어쩌면 간헐적으로만 지속되기 때문에 의미가 유효할지도 모른다.

세계가 딱 일곱 달 남았다면 사월은 무얼 하고 싶어? 그때도 노래할 거야?

지금처럼 계속 살지 나도 생각해 봤다. 세계에 종말이 와도 책을 만들까. 매일 쓸까. 이내 불에 타버릴 거라 해도 편집자와 마케터 들과 모여서 우린 종이책을 만들기 위해 분주하게 논의를 이어 갈까.

볼 사람이 사라져도, 사진을 찍을까?

종말 때문은 아니고, 사월아. 꼭 해주고 싶었던 이야기가 있다.

나는 이 멀리까지 와서도 계속 너의 공연을 생각하고 있다. 출국 직전에 너의 연말 공연을 보고 정말 놀랐기 때문이야.

아주 얇게 자른 사과 껍질들 같았다. 작은 목소리지만 노래마다 볼륨과 질감이 전부 다르더라고. 노래와 말이 가까웠다는 걸 다시 생각했다. 사월이는 정교한 칼을 쥐고 오랫동안 소리를 세공해 왔구나. 약하고 민감한 것에 대해 이야기하는 사람에게 어울리는 음성이라고 생각했다. 녹음실에서 또 공연장에서 그동안 얼마나 많은 목소리를 깎았니.

어떤 노래는 가사를 보지 않으며 들을 때 더 좋았다. 어떤 가사는 여러 번 반복하고 나서야 무슨 의미인지 알게 됐다. 가을 겨울 내내 「칼」을 많이 들었거든. 공연장에서는 눈 감고 듣기로 했는데, 특이한 경험을 했어. 공연장을 완전히 빠져나가서 아무도 모르는 데 내가 앉아 있더라. 오 분 동안 시간 감각이랑 공간 감각을 완전히 잃어버렸다.

안고 싶어
미안해
아아아아아
아아아아아아아아

네가 〈아아아아〉 하고 부를 때, 얼마나 많은 목소리를 들었는지 모른다. 우는 사람. 기다리는 사람. 떠나는 사람. 떠나다 멈춘 사람. 사라진 사람. 짧은 구간에서 그들 모두를 만난 것 같았다. 정말 많이 눈물이 났어.

너는 공연을 십 년 넘게 해왔잖아.

무언가를 매해 반복하는 건 어떤 기분이야? 어떻게 계속
했어?

어떻게 더 어려워졌어?

새해가 곧 시작된다. 반팔 입고서 해가 바뀌는 건 처음이
야. 여긴 폭죽이 불법이라 연말만 되면 사람들이 몰래 폭죽
을 사서 자기 집 앞에서 불꽃놀이를 한다. 저녁 7시부터 사
방에서 크고 작은 폭죽이 쉬지 않고 터진다. 각자 음식을 준
비해 와서 먹고 흩어지는 포틀럭 파티 같아. 창작도 포틀럭
파티처럼 하면 좋겠다고 생각했다. 다들 자기 음식 작게 싸
와서 반갑게 나눠 먹고 잠시 즐겁고 각자 생활로 돌아가는
거지. 다음 책, 다음 전시, 다음 지원금과 각종 공모를 떠올
리지 않고 말이야. 자본에 묶이지 않고 만들고 싶어서 나는
천천하지만 과감하게 활동 궤적을 틀고 있다. 만드는 행위
와 본질만 가운데 남겨 두고 주변부를 다 오려 내는 시간을
갖고 있어. 전시 제안도 고사하고 잠시 멈추었다.

누구에게도 아첨하지 않으면서, 마음에 없는 말은 건네
지 않으면서, 오래 만들고 싶다.

공연 중 네가 우리에게 했던 말을 너에게 돌려주며 이 편지를 맺는다.

「저는 종교는 없지만 만약 신이 있다면 제게 사랑 대신에 아픔을 주셔서 그걸 제가 노래하게끔 만들고 그걸 통해서 사랑을 얻으라고 아픔을 주신 건 아닐까, 생각하게 됐어요.」

사랑과 아픔을 잔뜩 담아, 휜

2024년 1월 26일
일본에서 1

　너의 이번 편지가 마치 우표와 도장이 찍힌 종이봉투에 들어 있는 듯해서 코를 박고 편지지에 섞인 외국의 냄새를 맡고 싶었다. 이런 개인적이고 싱싱한 글을 내가 먼저 봐도 되는 걸까 주뼛거리게 된다. 어떤 생경함을 준 건지 나도 네게 돌려주고 싶어서 비행기 창문 좌석에 머리를 기대고 수첩에 편지를 끼적거린다. 지금 나는 4집 타이틀 곡 뮤직비디오를 찍기 위해 일본 홋카이도로 가고 있어. 이렇게 말하니 너무 가수 같고 좋네……. 여정에 알맞은 숙소와 항공권 예약, 이동을 위한 여러 번거로움을 뮤직비디오 팀이 맡아서 계획해 주었다. 창작할 때는 물론이고 인생에서 선택하고 결정해야 할 일은 너무 많잖아. 그래서 가끔 리드당해도 될 때가 오면 너무 좋다⋯⋯. 내 인생을 누군가에게 위탁하고 싶은 욕구를 느끼며 그들에게 은밀하게 의지한다.

굳이 따지자면 나는 짐을 적게 가져가자는 주의지만 네가 카메라 다섯 대를 챙긴 건 충분히 이해한다. 솔직히 열 개는 챙길 수 있었을 텐데 자제했을 거라고 본다. 미니멀 시대에 〈물건을 좋아해요〉라고 줏대 있게 말하는 너를 떠올린다. 묘하게 영감을 주는 말이다. 어떤 물건이 내 생활에 진짜 좋은 기분을 준 건지 다시 생각해 보게 된다. 나 이번 여행에는 실수로 이어폰을 두고 왔어. 더 디지털 디톡스적으로 일정을 보내게 되겠네. 너라면 가방 어딘가에 〈비상용〉 이어폰이 있었을 거라는 걸 상상하며 웃는다. 하긴 이어폰이 없는 건 비상 상황이긴 하지⋯⋯.

네가 하와이에서 안식 달을 가지는 동안 나는 추운 서울에서 팟캐스트 「책읽아웃」 이훤 편을 들었다. 퇴근하는 밤길에, 집에서 혼자 밥을 먹을 때 들었어. 듣는 사람은 쉽게 이해되지만 사실 꽤 고민해서 골랐을 단어들을 엮으며 너는 천천히 걸어가듯이 말한다. 쉽게 긴장해서 얼버무리며 말하는 나는 그런 너의 말하기 방식을 따라 하고 싶어서 유심히 듣는다. 운동할 때 귀의 압력이 높아지는 몸의 특성이 있다는 너의 이야기를 들었어. 덤덤한 말투였지만 작은 변화에도 민감한 네가 불안해하는 모습을 떠올릴 수 있었다. 이제 변화된 몸을 받아들이기로 하자고 마음먹는 모습도. 나도 귀가 점점 예민해진다. 돌발성 난청도 두 번 정도 겪었다. 건강 상태는 변하는 것이니 이제는 괜찮을 수도, 언젠가 귀가 더 안 들리는 날이 올 수도 있겠지만 아직은 내가 청각에 부여하는 기대가 큰 것 같다. 아직은 음악 작업을 더 할 수 있게 해주세요. 〈양눈잡이〉인 너도 그런 기분 느끼는 때가 있는지. 훤아, 사실 나는 일상에서 이어 플러그를 챙긴다. 언젠가 잘나가는 밴드의 좀 비싼 공연을 보러 갔는데 귀가 아파서 한 시간 넘게 귀를 막고 있었던 적이 있었어. 밴드 음악이 공연장에서 울릴 때 특정 음역이 반사되는 소리가 내 귀에는 힘들게 느껴질 때가 있다. 록 드럼이 들어가는 실내 공연장에서는 웬만하면 이어 플러그를 끼고 듣는다. 카페나 지하철 등에서도 일상 소음이 불편하면 낀다. 귀가 아파 보니 생긴 자기 보호 방식이긴 하지만 내가 컨트롤할 수 없는 소리를 들을 참을성이 없어진 것 같기도 하다. 음악을 제 딴에는 몇 년쯤 했다고 이런 마음을 가지는 건가 싶어서 부끄럽다. 음악을 찾아 듣는 빈도도 줄었다. 다른 음악가들은 어떻게 했을지 궁금해서 체크하는 것처럼 듣는다. 이게 뭐니. 내가 경멸하던 30대가 되어 가는 것 같아서 즐겁지 않다.

4집은 올해 3월 중순에 나올 것 같아. 지금까지 개인 SNS로 소식을 알리고 쇼케이스를 여는, 독립적인 음악가가 할 수 있는 정도의 홍보를 해왔다. 그래서 고민이 들 때가 있어. 예술 생계를 지속하려면 지금보다 더 큰물로 나가야 하는 건가? 근데 더 큰물이 대체 어딘데. 최근에 에이전시와 홍보를 위해 미팅했는데 솔직히 좀 두려웠다. 내가 잘 몰라서 그런지 요즘 음악 업계의 홍보 방식은 속임수 같아. 플레이리스트에 들어가야, 알고리즘을 타야 사람들이 음악을 듣기 때문에 접근하기 쉽도록 음악을 배치하고 퍼트린다. 그런 루트로 들어갈 수 없는 대부분의 내 친구 음악가들이 떠올랐다. 친구들은 어떡하지. 근데 일단 나부터 어떡하지. 회사 실장님은 말씀하셨다. 「요즘은 디깅을 해서 음악을 듣는 사람이 1퍼센트도 안 돼요.」 한 소절 한 소절에 눈물 흘리며 듣는 플레이도 재생 횟수 1, 카페에서 누구도 듣지 않지만 배경 음악으로 플레이되어도 재생 횟수 1. 우리가 음악가가 되고 싶었던 건 전자를 하기 위해서 아니었어? 술자리에서 이렇게 말하던 나는 진정성에 취하고 싶었을지도 모른다.

만드는 사람은 많고, 보고 듣고 느끼는 사람은 적다. 누군가 소비해야 우리는 계속할 수 있는데. 일단 작가끼리, 업계인끼리 소비한다. 입소문이라는 자연 발생을 기다린다. 결국 지속을 못 해서 사라진다. 사라지는 게 두려워서 노골적인 홍보를 할 수도 있겠지. 나는 뭐가 되고 싶었던 걸까. 순수라는 환상을 가지고 있는가. 짜치는 홍보에 대한 거부감, 내 작품에 대한 자의식 과잉, 그러나 이번 앨범 때 지출한 제작비는 벌어야겠다는 탐욕을 품고서…….

오늘 일정은 오전 11시 콜이라서 아침 일찍 여는 삿포로의 어느 오래된 커피집에 왔어. 눈이 거의 내 키만큼 쌓인 새하얀 거리를 걷는 산책은 이렇게나 상쾌하구나. 다른 나라에서 일상인 척 사는 건 왜 이렇게 좋은 기분이 드는 걸까. 마트와 편의점 구경은 왜 또 이렇게 재미있는지. 이 기분을 한국인이 특히 많이 느끼게 되는 건지 예전부터 궁금했어. 한국다운 경관도 외부인에게는 예뻐 보이겠지만 왠지 부정하고 싶다. 내 생각에 한국인의 핵심 정서는 애정 결핍과 자기 부정 같다. 그리고 나는 토종 한국인이다. 너에게만 고백하건대 난 사실 한국의 일부 구린 미감에서 탈출할 수 있어서 해외에서 해방감을 느낀다.

어제는 놋포로 산림 공원에 가서 뮤직비디오의 엔딩 신을 찍었어. 하얀 눈밭에 누워 있는 나의 버스트 숏이 서서히 풀 숏으로, 마침내 작은 물체가 되어 보일 때까지 드론을 올리며 촬영하는 것이었다. 눈 위에 정중앙으로 누울 자리를 마크하기 위해서 누군가는 눈밭으로 먼저 들어가야 했어. 눈은 어찌나 깊게 쌓였던지 밟으면 정강이까지 푹푹 들어갔다. 감독님 두 분은 자신들의 발이 젖는 줄도 모르고 눈을 꾹꾹 밟아 가며 길을 만들어 주셨어. 「사월 씨는 이 발자국을 밟고 들어오시면 되어요!」 내가 이들 앞에서 어찌 추울 수 있겠어. 그러나 얇은 점프 슈트 하나만 입고 눈 위에 누워야 하는 신을 생각하니 또 혼자 살겠다고 한국 다이소에서 핫 팩 방석 세 개를 사 왔다. 목도리로 영역을 잡고 그 위에 방석을 깔고 눈 위에 누우니 생각보다는 견딜 만했다. 오후에도 얇은 옷을 입고 야외 신을 찍었다. 하루 종일 추위 속을 돌아다닌 셈이다. 저녁이 되어 수프 카레를 먹는 피곤한 우리 셋은 아무 말이 없었다. 이것이 우리의 첫 식사였기 때문이지. 나는 자기 몸 하나 챙기는 동안 이들은 나와 카메라와 데이터를 챙기는구나. 그 앞에서 나는 이기적인 예술을 하는 기분이 들었다.

감사하게도 감독님들은 내 음악을 무척 사랑해 주셔. 이들이 가진 열정과 용기, 감흥에 집중하는 모습을 보고 배운다. 자기 전에는 숙소에 연결된 스피커로 서로가 듣는 노래를 함께 들으며 좋아하는 노래에 대해 뜨겁게 이야기했다. 사실 나는 그만큼 뜨겁지 않은데 그런 척했다. 무뎌진 마음을 벗고 새롭게 예술을 좋아하고 싶다. 그리고 좋아하는 것만으로도 그냥 행복할 수 있으면 좋겠다.

2024년 1월 30일

일본에서 3

　새해 다짐이라기보다는 해야 할 일들의 정리뿐인 1월의 나의 생활들. 한국으로 돌아가면 업무가 잔뜩 밀려 있다.

　만약 지금부터 내 인생이 7개월 남았다면 어떨까. 근데 말이야, 웃기게도 나는 이대로 살 것 같다. 일단 준비 중인 4집을 무사히 낼 것이다. 좀 저기하지만 김사월 쇼는 못 하게 된다 해도 괜찮을 것 같다. 종말 앞에서 네가 쓰고 싶지만 찍고 있을지 상상한 것처럼 나도 부르기보다 오히려 쓰고 싶을지도 모른다. 죽기 전에 파리에 다시 가보고 싶기도 하지만 기억 속에서도 충분하니 뭐 괜찮을 것 같다. 친구들을 많이 만나고 요가를 계속할 것 같다. 타투도 하고 싶지만 결국 하지 못할 것이다. 생각해 보면 나는 지금도 최상의 시나리오대로 살고 있다. 고통도, 외로움도, 이 구질구질한 삶의 찌꺼기도 내가 겪는 최상의 일부분이다. 그리고 감히 짐작한다. 훤이 너도 아마 최상의 시나리오대로 살고 있을 것이라는 걸……

일상인 척하지만 일상은 아닌 여정. 일상 위에 예술이 있다는 너의 그 말을 믿고 싶어서 그게 적힌 가상의 편지지를 꼭 쥐고 일본 촬영 마지막 날을 보낸다. 폭죽 같은 행복도 좋지만 지루한 일상이 더 좋아. 예민하고 섹시한 작업을 하는데 살림도 기막히게 하는 사람이 되고 싶다. 휘둘리지 않고 뒤흔드는 예술가. 동시에 심심하고 비밀스러운 생활인.

낮은 끓음이라는 말을 듣고 단팥죽이 느긋하게 끓는 걸 몰래 상상해 버렸다. 죽은 요란하지 않게 끓지만 쉽사리 식지 않는 뜨거움이라고 농담을 수습해 본다. 닿아 있을 때는 고립을 꿈꾸고 단절에서는 연결을 향하며 우리는 갈지자로 걷는구나. 함께가 소중해진 사람이 말해 주는 닿지 않음에 대한 이야기가 무척이나 궁금하다. 우리의 다음 예술은 쇠 구슬 진자 운동처럼 지금과 완전히 다른 곳에서 튀어나오게 될지도 모르겠네. 훤아, 사라져도 누가 찾지 못할 곳에 있는 거 어땠어? 단조로운 생활은 즐거웠니. 그렇게 멀리 아무도 없는 곳에 있는 거 무섭지 않았어?

    뮤직비디오 감독님들을 보니 촬영 일이라는 건 정말 몸의 자원을 탈탈 털어 쓰는 일이더군. 최선을 다하는 것, 열정이라는 거, 정말 인간답고 애처로운 일인 것 같아. 100년도 못 살고 흙으로 돌아갈 우리가 영원에 도전하며 사진을 찍고 영상을 만들고 글을 쓰고 음악을 만들어. 그 어리석음이 아름다워서 눈물이 고일 때가 있다. 20대의 재능 있는 예술가들과 비디오를 찍고 있자니 나르시시즘을 경계한다는 핑계로 수더분해진 나의 외모와 식은 열정, 바른 생활을 하지 않으면 견디지 못하는 연약한 30대의 몸을 자각한다. 너와 루틴이 너무 똑같아서 놀랐는데 나도 아침마다 땅콩볼을 굴리며 몸을 풀고 첫 끼니로 사과를 씻어 먹어. 이제 제때 밥을 안 먹으면, 아침 요가를 안 하면, 12시에 잠들지 않으면 내 영혼이 가진 단점만 드러난다. 20대 예술가들은 콜라를 마시고, 새벽 4시까지 깨어 있고 밥을 안 챙겨도 무거운 짐을 번쩍 나르고 창의적인 생각을 뽑아내더라. 나이가 들며 생길 문제들을 각오하고는 있지만 정말 무서운 건

벌써 정체되는 나의 취향이다. 언제 마지막으로 예술적 감탄을 순수하게 했던가. 부러워하는 거 말고, 저 사람 또 잘하네, 질투하는 거 말고, 순수하게 느끼고 사랑하는 거 언제가 마지막이었더라.

좋아할 수 있는 마음을 지키는 너
좋아하는 게 별로 없는 나는
좋아하는 걸 좋다고 말해 주는 사람들 덕분에 방세를 내고 산다
좋아할 수 있는 촉촉한 토양, 심으면 자라날 사랑, 그걸 품은 너를 떠올리다가 그런 너도
좋아하는 게 힘든 날이 있다는 거지
좋아하는데도……

공연은 휘발되기에 정말 중요한 말을 해버리고 싶어진다. 증발할 것을 알고 진짜 마음을 말하는 기분. 남겨질 만한 순간에는 오히려 숨고 싶어지는 마음을 너는 알겠지. 네가 나를 기록해 주어서 나의 어떤 부분이 죽지 않게 된다. 글로 사람을 살린다는 게 별거일까. 남겨 주어서 고맙고 살려 줘서 고마워.

우리는 앞으로 어떤 예술가가 될까?

사실 내가 만든 예술만 제일 좋아했던 거 아닌지 싶은

사월이가

2024년 2월 15일

진짜 끝날까 봐

네가 편지에서 함께 일하는 타인들에 대해 이야기하는 부분들이 너무 좋아서 편지를 열댓 번은 읽었다.

뮤비 감독 두 분과 네가 종일 눈밭에서 촬영하느라 힘을 다 쏟고 소진된 채로 아무 말 없이 식사하는 장면을 떠올린다. 그게 웃기고 좋다. 아무 말 하지 않고 함께할 수 있는 사이 좋지. 침묵은 불편하지만 어떤 상황은 그걸 용인해 주잖아. 이를테면 몸을 다 써버린 촬영 현장이나 눈물. 공동체로서의 패배. 누군가의 죽음. 그런 자리에서는 침묵이 더 많은 말을 하기 때문이기도 하겠지.

몸의 자원을 탈탈 털어 써주는 동료들이 있다는 거. 황송하지 않냐, 사월아.

가장 돋보이는 자리가 아닐 때도, 먼저 챙겨 주고 순수하게 기뻐해 주는 사람들이 있다는 거.

처음에는 나 하나 잘하기도 벅차서 잘 몰랐는데, 언제부턴가 보인다. 출판계에는 그런 사람들이 많잖아. 편집자들. 디자이너들. 마케터들. 교정, 교열 작업자들. 독자들. 요즘은 그들을 보면 경외심이 든다. 묵묵히 자기 자리를 지키는 동료들. 생색 없이 전문적인 지식과 품을 전부 내어 주고 만날 때마다 감사하다고 하는 사람들. 한번은 신간을 내고 북토크를 다섯 번 넘게 했는데, 편집자부터 마케터까지 모든 행사에 찾아와 준 팀이 있었다. 같은 책인데 여러 북 토크에 와주신 독자들도 있었다. 이런 마음을 내가 받아도 되는지. 시간을 내주는 건 모든 걸 내주는 거잖아. 나도 그런 독자가 되고 청자가 되자고 다짐한다. 계속 배운다.

독감에 걸리는 바람에 오늘도 누군가를 기다리게 하고 있다.

미안하고 고마운 마음이다.

몸이라는 건 왜 이렇게 자주 고장 날까?

아무도 없는 섬의 한복판에서 무서웠냐고 물었지. 여기서 무슨 일이 생기면 가족도 우릴 찾지 못할까 봐 잠깐 실질적인 공포에 떨었다. 근데 그건 잠깐이었고, 실은 자주 무섭다. 잊힐까 봐. 쓰고 만든 것들을 아무도 기억해 주지 않을까 봐. 기억에서 사라지면 내가 진짜 끝날까 봐.

모두가 있는 곳에서도, 내 안에 비슷한 두려움이 있다.

어차피 우리는 서로가 있는데도 서로 그리워하지만.

2024년 3월 13일

사월아, 우리 지난번 만났을 때 나눴던 이야기 기억나?

훤   사월아, 너는 어떨 때 노래를 만들어?

사월   눈물 날 것 같을 때…….

훤   그 말 들으니까 울고 싶네.

사월   시는 어떨 때 써?

훤   음……. 언어화되지 않는 뭔가를 끄집어내고 싶을
때. 그…… 머릿속에 이미지가 파편처럼 떠다니잖아. 손에
잡히진 않는데 그걸 막 이어 붙이고 싶을 때…….

사월   밀가루 반죽 같은 거야?

훤   그렇게는 생각 안 해봤는데 너무 맞는 말 같다. (웃음) 어떤 시인은 반죽을 촘촘하게 이어 붙이고, 어떤 시인은 듬성듬성 반죽해. 어떤 반죽은 십 년 전부터 오백 년 후까지 늘어난다. 가사는 어때?

사월   가사는 잘 부르기 위한 선택들도 중요해.

훤   그럴 것 같아. 작사 작업한 적 있는데 조금 미칠 것 같았어. 소리와 의미가 딱 들어맞는 바로 그 단어 찾기 위해서 수십 번씩 부르고 계속 수정하잖아.

사월   그건 아마 가사를 의뢰한 사람의 마음을 알아맞히기 어려워서 아닐까? 나를 위한 노래를 만들면 그 자리에 있어야 할 단어가 자석처럼 쏙 들어간다. 뭐 내 경우지만…….

훤   누군가를 정확히 알아주는 거 어렵지…….

사월   나는 시에서 문장이 왜 여기로 갔다 저기로 갔다 다시

요기로 오는 건지 가끔 이해가 안 돼. 짜증 나. (웃음)

훤　나도 다 이해하는 건 아냐. (웃음) 어떤 시에서는 시인들도 어디로 가는지 몰라. 화자나 공간의 목소리에 의지해서 문장을 잘 받아 적는 것에 가깝달까……. 그러니까 **시인은 단어를 정확하게 고르는 사람인데, 동시에 어디로 가는지 모르면서 쓰는 존재이기도 해.** 독자들이 들어올 때 요리조리 새로 만들 수 있는 공간이 생겨.

사월　아, 나 조금 이해했어. 이 사진과 컵 사진이 붙었을 때와 저기 저 사진과 컵 사진이 붙었을 때 컵은 완전히 다른 이미지가 되잖아. 로베르 브레송이 말한 것 같은 거지?

훤　응응, 그런 거야!

사월　영화도 음악도 시도 비슷한 데가 있네!

2024년 3월 21일

진우 휜 리에게

  너는 진우로 사랑받은 적이 있니? 이휜이 사랑받는 동안 진우도 사랑을 받니? 오늘 인요가에서 몸을 늘리며 좀 울었다. 내 몸을 느끼며 생각했다. 사월은 사랑받고 돈 버는 애, 수진은…… 중학교 3학년쯤에 멈춰져 있다. 내 몸은 수진에 가깝다. 4집 뮤직비디오를 보고 엄마가 뭐라는지 알아? 못생기게 찍으려고 작정한 것처럼 보인대……. 화도 안 난다. 엄마, 배우들 보면 누구 죽이는 역할도 하고 액션도 하고 그러잖아, 예술가는 일상적이지 않은 모습을 대신 보여 주는 거래, 호탕한 딸인 것처럼 말했지만 아픈 말은 흔적을 남긴다. 가족이면 별로라도 그냥 잘했다고 말해 주면 안 되나. 안 그래도 밖에서 얻어터지는데.

4집을 발매하고 이틀도 안 지난 지금, 사랑해 주는 사람들 이야기만 듣기에도 모자란 이 시간에 굳이 나에 대한 부정적인 이야기를 찾는다. 괜히 보고 아파하며 마음을 추스른다. 마치 상처가 있어야 마음을 알아차릴 수 있는 사람처럼. 이 앨범이 어떤 앨범이 되는지는 생각보다 오랜 시간이 걸리지. 명반이라 하는 앨범들이 처음 나왔을 때는 별 평가를 못 받기도 하고, 지금은 꽤 잘되는 것 같지만 나중에 되돌아보면 꼭 그렇지만도 않다. 그리고 사실 발매 하루 만에 전곡을 다 듣고 크리틱을 하는 사람들은 나를 무척 좋아하는 사람들인 거야. 그 관심은 고마운 것이다. 반응이 있다는 데에 감사하다.

대중 예술이기 때문에 이 작업에 누가 어떤 말을 하건 자유다. 평생을 단련한 선수들의 스포츠 경기를 보면서 우리가 맥주 마시고 잘하네 못하네 하는 것이 대중문화다. 그 쪽 팔린 길을 내가 원했다. 도마 위에 오르는 것, 이게 진짜 좋으냐 별로냐 가타부타, 뭔가 만드는 사람들은 그런 화젯거리에 오를 수 있다는 것도 고마운 일이지. 나는 어떤 의견이나 비난에도 진실이 있고 그걸 내가 수용해야 진짜 성숙한 사람이 된다고 생각했던 것 같아. 그렇다고 그 모든 의견을

다 찾아볼 필요는 없었을 텐데. 하나의 댓글을 수용하기에도 우리는 약해지고 아파지잖아. 누군지 모를 사람들의 날이 선 반응을 찾아보다가 내 마음이 걸레짝이 되었나 봐. 이 모든 것에 중독되어서 난 웹에서 나를 계속 찾아보고 있었다고.

그렇지만 오늘 도약의 경험을 했다. 쓰고 풀고 나누고 싶은데 그럼 내가 얼마나 아팠는지 말해야 하니까 너에게 편지를 쓴다. 내 블로그도 사실 공개된 공간이고, 팬들에겐 걱정 끼치거나 불평하는 것도 싫고…… 그냥 지금 나에게 너 말고는 이 이야기를 할 사람이 없네.

요가를 마치고 선생님과 인사를 하는데 선생님이 잠깐, 하면서 선물을 주셨다. 내가 언젠가 물어봤던 요가원에 있는 초였다. 4집 발매 선물이래. 이 초가 좋아 보여서 선생님께 구매처를 물어보고 내가 좋아하는 언니에게 생일 선물로도 주었는데 내 것을 산 적은 없었다. 그렇게 말하니 선생님은 왜! 스스로한테는 안 주고…… 하셨다. 오늘 선생님께 받으려고 그랬나 봐요.

「앨범에 있는 노래 다 정말 좋더라!」

나는 질질 울면서 대답했다. 「선생님······ 사실 좋다는 이야기가 훨씬 많은데, 안 좋다는 이야기를 제가 너무 많이 찾아봤어요······.」 질질 울다가 펑펑 울었다. 선생님은 나를 안아 주고 달래 주다가 말씀하셨다.

「나는 내 책에 대한 댓글 하나도 안 봐. 좋은 이야기를 못 봐서 아쉽긴 하지만 거기서 누가 어떻게 쓰건 안 궁금해. 내 북 토크에 직접 와준 사람들의 이야기가 궁금해. 그리고 그것보다 내 마음이 제일 궁금해.」

선생님, 저는 이거 시작하고 하루도 피드백을 안 찾아본 날이 없어요.

「자신을 스스로 아프게 하는 데에 중독된 거야. 그 상처는 2번 차크라에 자국을 남긴대. 그거 안 봐도 괜찮아. 수진은 그거 안 봐도 자신이 뭘 잘하는지 뭘 못하는지 누구보다 잘 알잖아. 수진이 그거 보고 아파하면 나도 여기서 아파할 거야. 그걸 기억해.」

한참을 엉엉 소리 내서 울고 눈물 닦고 코 풀고 선생님을 꼭 껴안았다. 거의 10년 동안 나에 대해 누가 뭐라고 할지 매일 찾아봤다. 안 볼 이유가 없었는데 이제 생겼다. 너무나 필요한 말, 이제야 얻은 말.

〈네가 아파하면 나도 아파.〉

요가원을 뛰어나오며 하하 웃으며 펑펑 눈물이 났다.

중독으로부터 해방될 이유가 드디어 생겼다.

2024년 3월 23일
사월 킴에게

너도 노래 듣다 그럴 때 있니, 사월아. 살고 싶다고 느낄 때. 살고 있는데, 살고 있는데, 사무치도록 살고 싶을 때. 모든 것으로부터 구제된다고 느낄 때. 책상 밑에 깊숙이 숨겨 둔 결함들이 잠시 부끄럽지 않다고 느낄 때.

크고 작은 목소리로 노래를 따라 부르는 동안 우리 인생이 지나간다.

안전장치 없이 헐거운 다리를 지나던 시기에는 노래를 목숨줄처럼 꽉 붙잡았다. 타국에서는 밤 산책을 하며 한국어로 노래를 많이 불렀어. 거기서는 나의 언어를 아무도 알아듣지 못하니까. 쳐다보지 않았어. 그들도 노래를 비집고 들어가 거기 웅크리고 있던 적 있기 때문이겠지. 어느 음악가의 수호 속에 하교하고 버스 타고 면접에 내린 적 있기 때문이겠지.

인간이 만든 것 중 노래만큼 매일의 기분에 자주 관여하는 매개가 있을까.

사월아,
십 대의 나는 지오디와 양동근 덕분에 리듬을 알게 되고 혼자 흥얼거리는 축복을 얻었다. 너무 많은 발라드 때문에 긴 새벽을 맞았다. 리모컨을 마이크처럼 쥐고 감성적으로 굴었다. 스무 살 초반에는 힙합 때문에 먼 땅의 친구들을 조금 더 이해할 수 있었고, 낯선 언어의 리듬을 알게 되고, 파티 컬처와 유색 인종의 회한을 동시에 배웠다. 이십 대 중반에는 김사월×김해원 때문에 포크를 다시 좋아하게 되고, 한국어로 농염한 당신들 덕분에 멋있고 싶어졌다. 한편 뮤직 페스티벌 가서 더 블랙 키스가 하늘을 다 찢어 놓을 것 같은 베이스를 연주할 때, 록에 대해 잘 알지도 못하면서 고개를 흔들었다. 이십 대 후반에는 정미조 선생님과 최백호 선생님과 참 많이 걸었다. 노래를 따라 부르며 매일 밤 사진을 찍었다. 곽진언과 이소라의 노래, 전진희의 피아노는 무언가 만들고 싶은 작은 불꽃이 돼주었고. 서른 살 넘어서 중요한 헤어짐을 통과하는 동안 베니 싱스의 콧노래 덕분에 나를 붙들 수 있었다. 맥 밀러가 죽었을 때, 나는 아주 중요한 친구를 잃어버린 것 같았어.

사월아,
노래 만드는 사람이 돼주어 고마워.
노래해 주어 고마워.
수잔*에게 고마워.
혼자 알고 있을 내밀한 수진을 노래 곳곳에 바치고 나눠주어 고마워.
덕분에 우리가 조금 더 개인적으로 우릴 알게 돼.

이 편지는 지난번 보냈던 「에브리싱 에브리웨어 올 앳 원스」의 사운드트랙 「디스 이즈 어 라이프」를 들으며 썼다. 영화 음악이지만 노래만으로 또 다른 세계로 들어가는 것

* 〈수잔〉이라는 가상 인물에 대한 이야기를 담은 김사월의 1집(2015) 앨범 제목. 김사월이 어린 시절의 자신에게 붙인 이름이다.

같아. 그래. 맞지. 음악은 이미 그것만으로 또 하나의 시제이고 땅이니까. 그 자체로도 완전하지. 이 노래엔 아름다웠던 영화 속 장면뿐 아니라 상영관 밖에서 우리가 친절해지기 위해, 슬퍼 않기 위해, 슬퍼하기 위해, 모르기 위해, 멈추고 사과하기 위해 분주해지던 모든 움직임이 전부 다 있다.

We find this life
Somehow alright
(우리는 이 삶을
어쩌다 보니 괜찮다고 여긴다)

Slow and sudden miracles
View of other worlds from our window sills
With the weight of eternity at the speed of light
(느리고 갑작스런 기적들
창턱에서 보이는 먼 세계의 전경
빛만큼 빠르게 도착하는 영원의 무게)

웃겨. 〈기적〉이나 〈영원의 무게〉 같은 말이 어떤 날은 실체 없는 단어 같은데, 오늘 밤엔 나의 영혼을 정확히 찌르는 바늘이 된다. 같은 낱말인데 누가 짓고 부르느냐에 따라 이렇게 다를 수 있다니.

노래를 듣다 불현듯 생각한다. 아 맞다. 그래도 나 사는 거 좋아한다. 계속 기다리나 봐. 나의 영혼을 움직일 노래와 언어와 이야기들을 만나고 싶나 봐. 나를 움직이는 것들은 드물어진다. 눈물은 내 안에서 희귀한 것으로 변하고 있어. 나 이제 잘 울지 않는다, 사월아. 거짓말이다. 예전보다는 잘 울지 않는다.

벌써 봄이 왔고 마침내 너의 4집이 나왔다.

발매일 전에 이 노래들을 미리 듣는 기쁨을 누렸지. 그날 앨범에 들어갈 텍스트를 함께 읽고, 서로 보지 못한 걸 이야기해 주었잖아. 반응할 때, 솔직해져야 오히려 여기가 안전한 공간이 된다고 둘이 이야기했잖아. 그게 좋았다. 언제부턴가 중요한 고백들은 카페에서 만난 친구 말고, 작업에 풀어놓는 것 같거든. 그래서 작업을 면밀히 읽어 주는 사람들과 빠르게 가까워진다고 느껴. 너의 노래를 듣고 가사에 관해 이야기하는 동안에도 그랬다. 덕분에 나는 다음 날 무사히 송고를 했다.

조금 늦었지만, 나에게 너의 노래와 가사는 이렇게 도착해서 머물고 있어. 한 명의 청자로서 꼭 전해 주고 싶었어.

김사월 4집 「디폴트」를 들으며 적은 것들

1. 사랑해 주세요 그리고 버려요

사랑해 달라고 말하면서, 왜 버리면 당신이 행복해질 거라 하는데. 자기를 찌르는 데 익숙한 화자의 사랑 고백과 복잡한 우리 욕망이 동시에 떠오른다. 〈사랑받지 못하는 허영이 있어요 나를 버리면 행복해질 걸요〉.

2. 외로워 말아요 눈물을 닦아요

악기 구성도 경쾌하고 리듬도 빠른데 왜 점점 더 슬퍼지지? 〈외로워 보이는 건 죄가 아니지만 외로워 보이면 더 외로워질 거야 울기 시작하면 어쩔 수 없지만 당신은 더 울게 될 거야〉. 후반부에 화음과 멜로디가 복잡하게 쌓이는데 듣는 나는 오히려 조용해진다.

3. 너의 친구

친구인지 확신하지 못하면서 왜 고맙다고 하냐. 평소 들었다면 그냥 흥얼거리며 들었을 테지만, 쓸쓸한 날 들었으면 천천히 내상 입었을 곡.

4. 독약

사월 음악의 사운드는 정말 정확해. 잘 다듬은 송곳처럼 좋음. 정서를 방해하지 않고 따라오며 증폭시키는 것 같아. 〈지키고 싶은 건 무모한 맘이지 이런 세상에〉를 갑자기 고음으로 부를 때 나와 화자의 마음이 오묘하게 맞아떨어지며 큰 쾌감이 있다. 다이내믹의 낙차도 너무 아름답지만, 노래에 공존하는 두 목소리가 느껴진다.

5. 나쁜 사람

이 노래를 바치고 싶은 얼굴이 떠오른다. 걔를 미워했는데, 실은 나도 어떤 날은 그런 사람이었다. 수선되지 않는 마음을 가진 사람이기도 했고 도망가고 싶은 사람이기도 했다. 조용히 내 안의 문이 전부 열린다.

6. 디폴트

말에도 층이 여럿 있지. 그걸 너 때문에 기억한다. 속삭이듯 부르는 도입부에서는 숨죽이고 들었다. 퍼커션이 들어오며 고조되잖아. 2절로 들어서는데 〈사랑받고 싶어〉라는 일상어로 만들어진 고백과 함께 폭죽처럼 터진다. 초반부에는 혼자 노래하는 한 사람만 그려지는데 끝날 즈음엔 다 같이 같은 불꽃을 보고 모여든 사람들이 보여. 찬찬히 옅어지는 불의 편린 같다. 용감하고 따뜻한 노래야. 진짜가 대체 무엇인지 모르겠지만 사월은 언제나 사월의 진짜를 내놓는다.

7. 칼

발매 전부터 이 노래를 많이 들었는데, 공연에서는 울었어. 앨범에서도 기점 같은 중요한 역할을 하는구나. 홀라풍의 음악이 나오잖아. 주로 바다와 파도, 궁극의 행복을 노래하는 노래지. 그 멜로디에 한 사람을 위한 비장한 고백이 들리는데 왜 이렇게 무너지는지. 들으며 온갖 마음이 몰려온다. 〈네가 아프다면 네가 다친다면 나는 나는 떠나서 널 슬프게 하는 널 힘들게 하는 세상을 베어 버릴게〉.

8. 못 우는데

차폐된 공간의 읊조림 같은 목소리, 그리고 그 뒤로 들리는 영롱한 기계음. 위성을 맴돌며 신호를 보내는 사람의 이미지를 떠올렸어. 타인들 사이에서 보내는 고백처럼 들려. 그리고 나를 부르는 다이얼링처럼 들리기도 해. 「칼」이라는 트랙 이후 어떤 변화가 시작된다. 그걸 예감하게 되는 노래.

9. 호수

이 트랙까지 오니까 그런 생각이 든다. 이 앨범은 꼭 순서대로 들어야 한다. 트랙 시퀀스에 매번 애쓰겠지만 이번엔 특히 물처럼 흐른다. 앞선 여덟 노래가 여러 화자 이야기 같지만, 한 사람의 여정처럼 느껴지기도 한다. 다른 목소리를 하나처럼 꿰었구나.

10. 가을 장미

사랑 없는 상태를 한참 지난 뒤에 맞는 가을을 상상하게 된다. 장미와 길을 걷는 사람들, 나의 정원에 빗대어진 이야기는 근데 왜 내 얘기 같기도 할까? 열 곡이나 연이어 들었는데 시간이 언제 이렇게 흘렀는지 모르겠고 나는 자연스럽게 음악으로 구축한 너의 세계 한가운데에 있다. 〈모두 제 갈 길을 가는데 내 멋대로 멈춰 서주길 기대했나 봐〉.

11. 눈과 비가 섞여 내리는 밤

조금 울었다. 차분하게 부르는데 왜 눈물 나. 〈가끔씩은 여기가 어딘지를 몰라 오 살아있다는 걸 믿을 수 없지 빛나는 모든 것들은 나와는 상관이 없네〉.

12. 밤에서 아침으로 가는 통신

이 노래로 앨범이 끝나는 게 좋아. 〈사랑해 주세요, 그리고 버려요〉라고 묻던 화자의 고백이 〈서로가 없는데도 서로에게 우린 입을 맞추〉며 끝나는 게 좋아. 아주 긴 밤을 건너온 기분이야. 그사이 나는 너 때문에 조금 변했어.

김사월 **Kim Sawol** <aprilsour@gmail.com>
이훤에게 ▾

훤 님께

훤, 안녕하세요, 당신의 동료 사월입니다.

인터뷰 요청에 응해 주셔서 감사해요.

2024년 4월은 제가 살면서 보낸 가장 바쁜 한 달이었던 것 같아요. 정신 차려 보니 우리의 원고를 조금도 쓰지 못했습니다. 민망 중 다행하게도 훤 역시 새로운 편지 쓰기 방식을 시도하는 와중인 것 같아 저도 공감하고 영향받던 와중 우리 원고에 실을 인터뷰 요청을 하게 되었습니다.

인터뷰이지만 사실 어떤 날 우리의 대화를 남겨도 될지에 대한 동의에 더 가까울 것 같습니다.

제가 해보고 싶은 만남은 이렇습니다.

5월 13일 정오에서 오후 1시쯤 만나서 점심 밥을 먹고 이후 뭔가 마시며 이야기를 나누는 것입니다.

참고로 점심 식사는 망원동 콩청대로 생각했습니다. (후회 없으실 겁니다.)

질문 내용은 사진과 시에 대한 구차하고 평범한 질문일 것 같습니다. 무리하지 않는 선에서 간단한 부탁도 하게 될 것 같아요.

친한 친구와 느긋한 상태로 나누는 대화에서 사진가 이훤, 내 친구 이훤, 작가 이훤이 마치 스냅처럼 담길 것 같다는 생각을 해 봅니다.

당일에는 말씀드리지 않겠지만 저는 많은 것을 녹음할 예정입니다. 물론 인터뷰가 마무리되면 초안을 보여 드리고 훤이 원하지 않는 부분들은 모두 수정할 수 있어요.

보시고 혹시 맘에 걸리는 부분이나 더 필요한 부분 있으면 말씀해 주세요.

감사합니다.

사월 드림

2024년 5월 22일

이훤 인터뷰: 사진과 시에 대한 구차하고 평범한 질문들

2024년 5월 13일 월요일 12시 반 약속에 훤은 10분 늦었고 나는 20분을 늦었다. 우리는 망원동의 자랑 콩청대에서 만났다. 나는 제일 좋아하는 메뉴 청국장 순두부 뚝배기를 시켰고 훤도 같은 걸로 주문했다.

만나자마자 이훤의 빡빡머리를 먼저 놀리려고 했는데 생각보다 무척 잘 어울렸다. 얼굴이 작아 보이고 인상도 더 어려 보인다는 한국식 칭찬을 할 수밖에 없어서 내 표현력의 한계가 아쉬웠지만, 정말이긴 했다. 〈그럼 좋은 점밖에 없네〉 하고 훤은 말했고 앞으로도 짧은 머리 스타일을 유지할까 하는 이야기를 했다.

우리는 서로의 개인사를 대략적으로만 알고 있다. 이날 스몰 토크를 하다가 훤에 대해 몰랐던 사실을 새로 알게 되었고 이 사람의 예술이 다시 이해되는 순간이었다. 나는 사적인 서사를 이기지 못하고 분출할 수밖에 없는 예술가를 사랑한다. 나 역시 인생의 문제점을 노래로 써버리곤 한다. 누군가 내 진짜 문제를 알게 된다면 나의 음악은 너무나 시시하고 정확하게 해석될 수 있다. 그래서 우린 괴로운 원래 이유는 싹 감추고 창작물로 이런저런 살풀이를 한다.

　크고 거칠게 말하자면 이훤의 사진 작업은 이민자 정체성의 이야기이다. 그가 어떻게 떠다녔는지는 그만의 세부 텍스트가 있을 테지만, 아이러니하게도 그 디테일로 들어갈수록 더 큰 많은 이주자의 이야기를 품는다. 자신을 지탱하지만, 세상에 딱히 말하고 싶지도 말할 필요도 없는 삶의 디테일. 나는 그와 친해지며 보너스처럼 그 잔뿌리를 알게 된다. 예술을 하며 좋은 점 중 하나는 좋아하는 작가의 친구가 되어 그 예술을 더 파고들 수 있다는 점이다.

　이훤의 작품 중 「집은 어디에나 있고 자주 아무 데도 없다Home is everywhere and quite often nowhere」 (2019-

2022)」 시리즈를 좋아한다. 〈어디에나 있고 자주 아무 데도 없다〉라는 문장은 외국인이 쓴 것 같다. 자주, 아무 데도, 라는 말이 이질적으로 들어가 있는 것이 결국 정말 없다는 것을 강조한 듯하여 웃기고 쓸쓸하다. 이런 시시껄렁한 잡담의 암초에 걸려 그의 너무 깊은 곳의 이야기가 있는 곳으로 순식간에 다다른다. 청국장을 먹다 말고 우리의 이야기를 기록한다. (나와 휜의 고향은 대구광역시로 우연히도 같다. 휜은 고등학생 때 미국으로, 나는 스무 살 때 서울로 이주를 했다.)

사월　나 같은 경우엔 대구-서울 정도의 이주 경험에서조차 서울 집도 본가도 내 집이 아니라는 기분이 들었거든. 그래서 어떤 식이든 사람들은 이 시리즈에 공감할 수 있을 것 같아. 너의 진짜 심연에는 주어진 집도 선택한 집도 없다는 생각이 있지. 그래서 집이 〈자주〉, 〈아무 데도〉 없는 거야.

휜　그러니까. 내가 그동안 느꼈던 단절감이 처음에는 정신적인 상태라고 생각해서 「나의 안부를 전해주세요」 시리즈를 했어. 그런데 이상하게 작업을 발표하고 전시를 해도 해소가 안 되었어. 그래서 이게 정서의 문제가 아니라 낮과 밤이 바뀌고 시차가 있는, 그러니까 시간에 대한 문제일지도 모르겠다고 생각했어. 그때 「우리는 과거형으로 만난다」를 작업했지. 그렇게 해도 끊어져 있는 감각은 여전히 남아 있어서 결국 공간의 차원에서 탐구하기로 했어. 그렇게 「집은 어디에나 있고 자주 아무 데도 없다」 시리즈를 시작한 거야.

「나의 안부를 전해주세요」(2017-ongoing)

「집은 어디에나 있고 자주 아무 데도 없다」(2019-2022)

훤　돌아갈 집이 있는 사람들도 자주 자신과 분절될까, 타인과 있어도 혼자만 자꾸 끊어지는 경험을 할까 궁금했거든. 나는 내가 이주자라서 그렇게 느끼는 줄 알았어. 관객으로 온 이민자들이 자기 마음을 그대로 옮겨 놓은 사진 같다고, 눈물 날 것 같다고 할 때, 이건 이주자의 정서라고 확신했지.

근데 미국에서 나고 자란 사람들도 (전시를 보고) 비슷한 마음을 느낀다고 이야기하는 거야.

사월　이민자 입장에서 봤을 때는 이민 맞은 도둑, 아니 도둑맞은 이민 아니냐.

훤　아, 웃겨. 맞아, 우리가 이민자이고, 게다가 소수 인종이라서 그렇다는 생각을 처음에 했지. 그러다가 어쩌면 인류 보편의 경험이었다는 걸 알게 되면서 오히려 이민자가 정서적으로 다시 탈 이민을 하게 되는 거지. 누구나 어떤 식으로든 집 없는 상태를 겪는다는 걸 알게 됐어. 허탈하기도 하고 홀가분해진 것도 있지. 그냥 인정하게 되는 거야. 이 시리즈는 과정이 좋았어. 처음엔 단절의 감각이 무거우니까 내 발 앞에 있는 것만 보며 작업을 시작했어. 내가 취약한 개인이라 그런가. 이주자여서 그런가, 작은 질문들을 하는 식으로. 그런데 작업을 발표하고 만난 이들의 반응으로 인해 질문이 넓어지고 작업은 더 여러 사람을 향해 간 것 같아.

사월 굉장히 앨범 작업이나 노래가 하는 소통 같다. 앨범도 들은 사람의 감상이 내가 의도한 것과 엄청나게 맞지는 않은데, 사실 또 맞아…… 버리긴 해. 그래서 나의 고유함도 이 세상 속에선 결국 어떤 카테고리로 들어갈 수 있고, 좋은 의미로 나는 아무것도 아닌 존재라는 거야. 나 역시 수많은 인간 중 하나라는 걸 느끼게 되는 게 결국 작품 발표인 거 같아.

휜 맞아. 발표하고 나면 사람들의 반응으로 인해 그 노래가 갖는 지도가 커지잖아. 사진 시리즈도 약간 비슷해. 좀 다른 점이 있다면 사진은 관람객을 만나고 난 뒤에 달라진 이야기로 수정하기도 하고, 새로운 시리즈로 발표할 수도 있어.

사월 나 네가 예전에 발표한 사진이 지금은 다른 시리즈

안에 들어가 있는데 그렇게 봐도 맥락이 맞고 뭐 그런 것들을 봤어.

훤 그걸 캐치해 주다니.

사월 이렇게 해도 되는구나, 하고 느껴지고, 그게 참 사진이라는 매체의 특별한 점인 것 같아.

훤 맞아. 보통은 이 방식을 지양하는 것 같기도 해. 항상 새것을 내놓아야 한다는 암묵적인 기대감도 있고. 그런데 다음 작업으로 점프한다 해도 과연 중첩되는 언어가 없을까 묻게 돼. 일부러 그럴 필요는 없지만 **어떤 언어는 어쩔 수 없다는 듯이 반복**되는 게 때로는 더 자연스럽다고 생각하거든. 그래서 이미 완성한 시리즈 일부를 가지고 완전히 새로운 맥락을 만들기도 해. 그럼 직접적이지는 않지만 이전 작업과 현재 작업 사이 회전문 같은 것도 생겨서 시도해 보고 있어.

사월 작업자가 꼭 성장해야 하는 것도 아니고 그걸 너무 의식할 필요는 없지만 이전 사진을 아예 다른 주제에서 사

용할 때, 그런데 그 안에서 맥락이 새로워질 때 작가의 성장
과 시간이 보이는 것 같긴 해. 신인 시절 노래를 10년 후에
부르는 가수의 모습 같은 느낌.

훤　　정말 뛰어난 비유야. 그리고 이 작가가 이렇게 이동
했다는 궤적 같은 것도 보이지. 변화는 음식을 자르듯이 깔
끔하게 잘라 놓을 수는 없다고 생각하거든. 나는 **끊어져 있
다는 느낌**이 아주 오래된 화두였는데, 그걸 처음 작업으로
만든 게 「나의 안부를 전해주세요」 흑백 사진 시리즈였다.
2017년쯤부터 만들었어. 그런데 단절감의 형태는 계속 바
뀌잖아. 다른 시리즈들은 두세 해 작업하고 맺을 수 있었는
데 이건 지금도 계속 작업 중인 상태야. **계속 어딘가 분절되
고 있나 봐.** 시작하고 나서 8~9년 지났지만 찍은 사진도 계
속 추가하고 있어.

사월　　이거는 너 그냥 계속 가져가야 하는 주제인가 보다.

훤　　그럴지도 몰라. 한국에 와서 겪는, 붕 떠 있는 느낌
은 또 달랐어. 스스로에게 중요했던 간절함 같은 것이 한국
에 오니까 갑자기 너무 먼 얘기가 되는 거야. 계속 변모해

가는 시간이랑 그걸 담는 언어를 기록하는 게 중요하다고 생각해서 하나의 시리즈를 (「나의 안부를 전해주세요」) 거의 한 9년 동안 하고 있는 셈이지.

사월　한국에 돌아왔을 때 맺을 수도 있었을 텐데 맺을 수가 없는 거구나 아직은.

훤　나도 돌아오면 맺을 줄 알았어. 근데 이상하게 아직 남았어. 혼자라는 감각. 그리고 한국에서 생활하다 보니 내가 타지에서 느꼈던 감정을 여기 사는 이주 노동자들도 비슷하게 겪지 않을까 하는 생각도 들었어. 나한테 너무 남이었던 사람들이 갑자기 눈에 보이기 시작했어. 그리고, 한국에서 나고 자란 사람들도 이런저런 단절의 감각을 비슷하게 겪는 것 같은 거야. 온라인에서는 다닥다닥 붙어 있는 것같이 보이는 사람들도 사실 끊어져 있다는 인상을 받았어. 각자 잘 지내는 것 같은데, 이미지들은 풍성한데…… 다들 외로워 보여. 그렇게 이야기를 건네고 싶은 대상이 더 많아진 것 같아.

사월　다수의 주제에서 시작해서 더 자신을 파는 사람들이

있고 난 그쪽에 더 가까워서 그런지 이런 작업이 통찰 있게
느껴지네.

훤　　그런데 진짜 이상해. 개인의 서사에서 시작되면 그
안에 함몰될 것 같지만 **내놓으면 나보다 더 멀리 갈 수 있다.**
자연스럽게 사회적 정치적 화두로 이어져. 개인과 개인이,
개인과 사회가 이어져 있기 때문이겠지. 뭔가 만들다 보면
그런 얘기를 듣기도 하잖아. 언제까지 네 얘기만 할 거냐고.
너는 어때?

사월　　나는 되게 반대해. (웃음) 내가 나에 대해서 쓰지 않
는다면 그건 완전 거짓말······. (훤 웃음) 누구에게도 필요
하지 않은 이야기잖아. 뭐 어쨌건 너는 너 자신의 화두로 다
른 사람들과 이어진 경험을 했구나. 피드백은 누구나 받겠
지만 그걸 넌 아주 민감하게 감각했구나 싶고. 너는 너무 외
로웠기 때문에. (웃음)

훤　　맞아, 맞아. 항상 끊어져 있는 상태라고 느꼈는데 사
진에 반응하는 순간에는 그 작업을 매개로 이제 우리가 이
어지고.

사월　너무 좋잖아.

훤　너무 고맙고.

사월　너무 안 외롭고. 또 하고 싶고. 연결에 중독이 된다고. 그런데 집에 돌아오면 진정한 의미로써의 내 집은 여전히 없어. 그러니까 그때 느꼈던 연결감을 그리워하며 다시 작업을 하는 거야. 밥 먹다가 이렇게 인터뷰를 시작하게 될지 몰랐지만…… 오늘 시작하면서 나는 네 사진을 찍고 싶었거든. 사진을 잘 못 찍지만 그냥 오늘의 첫 장을 찍으려고.

훤　아무리 찍혀도 찍히는 건 어색하지만 찍히는 거 좋다고 생각해. 이 시간이 남는 거니까.

사월　그럼 너도 나를 찍어 줘. 지금 시작하는 나를.

　　　(서로의 사진을 찍는다)

사월　「집은 어디에나 있고 자주 아무 데도 없다」 시리즈를 보면서 느낀 건데 너의 사진이 너무 붕 떠 있는 거야. 작업물 퀄리티의 밀도를 말하는 건 아니야. 무거운 걸 찍어 놨는데 진짜 날아갈 것 같이 가벼워. 너의 공허감.

훤　맞아, 맞아. 실제로 붕 떠 있었기 때문인지…… 이런 불화의 느낌을 대구에서도 많이 느꼈어.

사월　나 같은 경우엔, 대구에서는 붕 떠 있는데 바깥으로 탈출할 수 없어서 갇혀 있는 것도 싫은 부유감이었던 것 같고, 서울에서는 기반이 없으니까 어디 날아가 버리면 정말 큰일 날 것 같아서 내가 나를 붙잡으면서 떠 있는 느낌.

훤　진짜 다르네.

사월　근데 난 스스로 드는 생각은 이거야. **내가 진짜로 뿌리내리고 싶긴 한가.**

훤　(웃음)

사월　나는 사랑을 하면서도 뿌리내리기를 굉장히 거부했었거든. 너는 지금 뿌리를 내렸다고 느끼지?

훤　나는 이대로 쭉 살고 싶은 걸 보니 뿌리내린 것 같다. 내리고 싶고.

사월　그러니까. 이대로 쭉 살고 싶다는 기분이 뿌리내림인가 봐. 〈이렇게 정착하면 안 돼!〉가 뿌리 없음인 것임. 그런 거 있잖아. 공중 뿌리*라고. (폭소)

훤　(폭소) 그런 게 있어?

사월　난 행잉 플랜트야.**

훤　너무 웃기네. 사실은 시리즈 제목을 바꿀 수도 있을지 고민하고 있었는데 공중 뿌리 정말 재미있는 단어다. 공중에 떠 있는 뿌리들은 어디로든 정착하려면 정착할 수 있지만 부유하는 거야. 이게 우리 모두의 상태인 거 같아.

사월　현대인의 상태임. 그리고 몬스테라를 키워 보면 아

---

* 정확한 명칭은 공기뿌리, 기근이라고 한다. 식물의 땅위줄기 및 땅속에 있는 뿌리에서 나와 공기 가운데 노출되어 있는 뿌리로 기능에 따라 지지뿌리, 부착뿌리, 흡수뿌리, 호흡뿌리 따위로 나눈다.
** 공중에 걸어서 키우는 식물.

무리 흙을 잘 정리해 줘도 뿌리가 나와. 왜냐하면 이파리가 너무 무겁잖아. 균형을 잡기 위해서는 요가처럼, 춤처럼 다른 무게 중심을 뻗어 줘야지 설 수 있는 거야. 뿌리내리기 위한 뿌리가 아니고 중심을 잡기 위해서 뿌리를 내버린다는 거죠. 너무 끔찍한 우리의 삶이야. (웃음)

(한강 에스프레소로 이동)

사월　만약 너의 그 많은 무기 중에 정말 하나만 남기면 넌 뭘 남길 거야? 시, 사진, 수필 너를 표현할 수 있는 너의 도구가 여러 가지 있잖아. 그중에 정말 잔인하게도 하나만 해야 한다고 가정한다면?

휜　하나만 해야 한다? (잠시 생각)

요즘은 시인 것 같아. 처음엔 시를 문장으로만 경험할 때가 많았어. 이후에는 시가 이미지라는 걸 기억하면서 쓰려고 했고. 근데 사진이라는 직접적인 시각 언어를 손에 쥐니까, 언젠가부터는 시가 만드는 이미지의 가능성에 대해 더 조심스러워졌던 것 같아.

요새 시집 작업을 다시 시작했어. 다음 원고를 쳐내

듯이 서둘러 작업하고 싶지 않아서 반년 동안 시를 안 썼어. 오랜만에 써서 그런가, 좀 깨끗하게 남아, 시가 내 안에. 붙들리고 싶은 이미지들이 좀 더 선명해진 것 같고. 뭔가 문장이나 기교로만 완성하려 하지 않고 다 정돈되지 않은 채로 이끌려 가는 느낌.

사월   그거를 하려고 네가 약간 시를 참은 것 같고, 참고 있는 동안 시가 너에게 다시 들어올 거라는 걸 알아서 참고 있었나 보다. 시를 좋아하는 게 느껴져. 그 장르는 너를 무척 잘 표현할 수 있는 것이기 때문에 그만큼 엄청나게 아껴서 잘하고 싶다는 마음이 느껴진다. 그런데 참 아이러니해. 난 시가 정말 모호…… (웃음) 나는 시라는 게 참 모호한 것 같은데 그게 너를 잘 나타내는 거라니. 사실 내 안에는 시를 이해하는 부품이 없거든. 산울림이나 김일두처럼 간단한데 그 안에 모든 게 들어 있는 가사를 무척 좋아하지만 정작 시에서 함축된 이야기는 따라가기가 어렵게 느껴진다는 기분? 가사와 시가 비슷하다고들 하지만 나로서는 완전히 다르게 느껴지긴 해.

훤   맞아, 어떤 가사들은 시를 닮았는데 명료하게 느껴지지. 그런 가사들은 대체로 함의가 분명한 것 같아. 함의가 많아지면 이제 여기저기로 튈 수 있으니까. 그런 점이 시랑 닮았고 또 다르기도 해.

사월   응. 그 튀는 것이 너는 어렵지 않은 거지? 그러니까 튀는 것을 반기는 거지?

훤   응, 재밌는 것 같아. 그러니까 내가 같은 문장을 썼는데 누가 그 문장 때문에 낙원상가에 가고 누군가는 이란에 가고 이런 게 너무 재밌어. 사월은 어때?

사월   문장을 보는 사람들이 그렇게 넓게 가는 건 반기는 것 같은데, 쓰는 입장에서는 최대한 쉽고 명확하게 쓰려고 하거든. 넌 애초에 네가 쓰는 문장의 폭 자체도 엄청나게 넓혀 버리는구나. 정말 더 예측 불가능한 걸 원하는지도 모르겠다.

훤   맞는 것 같아.

사월   근데 예측 불가능한 게 좋아?

훤   좋은 것 같아.

사월   왜?

훤   왜 좋지? (잠시 후) 사람들이 어떻게 반응할지 모르고 싶은 것 같아. 사람들이 놀라는 방식을 보면서 나도 또 놀라고 싶고 그러면 내가 쓴 작품이 계속, 계속 새로워지니까. 그걸 읽는 사람 때문에. 그럼 시가 계속 늘어나고 계속 태어나니까.

사월   나 지금 너의 대답에서 나의 구정물을 발견했어. 나는 그렇게 누가 놀라게 하려고 만든 문장에 놀라고 싶지 않은 나의 구정물이 있어. 뭔지 알겠어?

훤   하하하, 뭔데?

사월   〈밤은 화살이다〉 그러면 이거 놀래려고 썼지? 나 놀라지 않을 거야. **밤이 어.떻.게 화살이 돼?**라는 나의 구정물이 있어. 근데 너는 그런 게 없는 거네? 순수하게 그거를 기뻐하는 거잖아. 그치? 〈아, 이 사람의 밤은 화살이고 돌이구나!〉 이렇게.

흰   안 되는 날도 있지⋯⋯. 어떤 날은 되게 새초롬해. (웃음) 이 시인이 뭘 하려고 했는지를 자꾸 생각하게 되면 멈추는 것 같아. 너무 기술적으로만 읽게 되면 마음이 갑자기 폭삭 식어 버리기 때문에. 반면에 어떤 풍경이 그려지면 다 이해하지 못해도 괜찮다고 느껴.

사월   너는 정말 이미지를 찾는 사람이구나. 얘기를 들으니까 너는 이미지적인 것을 재밌어하고 나는 이야기적인 걸 재밌어한다는 생각이 들어. 나는 너의 수필이 너무 재밌거든. 그래서 솔직히 너의 시를 읽을 때는 〈이야기를 듣고 싶은데 이게 무슨 내용이야⋯⋯ 이야기해 주세요〉.

흰   너무 웃기다. 무슨 말인지 알 것 같고⋯⋯ 근데 모든 시인이 그렇게 쓰진 않아. 김상혁 시인이나 김승일 시인처럼 좋은 이야기로 시적인 공간을 만드는 시인들도 꽤 있어. 그러잖아도 얼마 전에 문예지 『유심』에 보낸 시가 있는데 그 시는 내 생각에는 서사 중심적으로 쓴 것 같아. 혹시 이것도 어려운지 한번 봐봐.

조촐한 생일파티 2

팬 사인회를 마치고 돌아가는
사람이 차 안에서 울음을 터뜨린다

마음이 이상해요
내가 이런 사랑을 받아도 되는지 모르겠어요 무서워요
사람들이 나를 이만큼 좋아하는 게

난 그런 사람 아닌데

운전하던 사람이 말한다
매일 생일인 것만큼 끔찍한 것도 없지

고개 숙이고 우는 사람 옆으로 비상음을 내며 소방차
가 지나간다

이-이-이-이-이-잉

이-이-이-이-이-이-이-이-잉

큰불이다

17층까지 올라가야 할 것이다

 소방수 지혜의 가족은 일곱 해 전 마지막 편지를 미리
받았다
 그의 친구 정현은 작년에 소방차로 돌아오지 못했다
 누구는 그가 집에 갔다 했다
 그런 마음이 주소가 되면

 점심은 맛있는 걸 시켜 먹었다
 언제 귀가할지 몰라서

 매일 생일인 것만큼 좋은 게 없지
 엊그제는
 여섯 시간 출동하고 돌아와 아무것도 못 먹었다
 집 잃은 사람들이 자꾸 감사하다고 해서
 집이 사라졌는데 뭐가 감사합니까
 희뿌옇다

3분 있으면 도착이다
안이나 바깥이나 어두운 시간

잘 끝나면 비빔국수랑 메밀전을 먹을 것이다

전화기로 알람이 온다

Catalk!

오늘 생일 맞은 여덟 명의 친구들을 축하해주세요—!
이모티콘 선물로 마음을 표시해보세요 >_<
연말 특가 인기상품 세일
고등어의 도시 일기
최 대리의 하루
슬라임의 우당탕탕 여행기

캘린더의 빨간 선이 날짜와 요일을 둘러싼다
오늘 다시 태어난 사람들
저마다의 현장으로 간다

사월 (읽으며) 어 이거 내 얘기 같은데?

흰 그렇지, 네가 들어오기에 충분하지.

사월 중간중간 위기는 있었지만 나름대로 잘 읽었어. (어딘가를 짚으며) 여기까지도 이해되고 여기 밑에 이 부분들은 조금 힘들지만 위가 너무 잘 쌓여 있어서 이 감정이 이해돼! 나는 감정을 느끼고 싶나? 여기 소방차 부분도 자연스럽게 좋아. 이해돼. 어떤 언어적인 공감대? 나는 공감을 원하나 봐.

흰 다행이다! 이해되는 부분, 안 되는 부분이 사람마다 다르니까 어떤 문장은 그냥 넘어가도 되고. 그러면서 보편적인 이미지들이 새롭게 느껴지면 그 자체로 좋은 것 같아. 다 이해되지 않지만, 그저 장면을 따라가는 즐거움이 있는 것 같아.

사월 그렇구나. 약간 여담이지만 네가 이미지에서 언어를 찾거나, 언어에서 이미지를 찾는 감각이 발달하여 있으니까 그냥 숨겨진 장면을 잘 찾는 거 아닌가 생각도 들었어.

지난 편지에 내 앨범 듣고 「못 우는데」에 나온 키보드 소리가 위성을 맴도는 소리 같다고 얘기했었잖아. 그런데 그거, 정말 그거였거든. 너무 심하게 그거였고 심지어 그 심상을 꽤 진행시킨 편곡 버전까지 있었어. 「못 우는데」의 함의가 명확하다고 생각은 하지만, (웃음) 그렇게 안 닿는 경우도 많기 때문에 네가 너무 잘 들어 버리는 게 진짜 신기했어.

훤　그런데 그 의도를 다르게 들은 독자들의 〈저는 이렇게 들었어요〉도 좋지 않아?

사월　맞아, 그것도 그거 나름.

훤　그렇지, 그게 약간 시를 쓰는…….

사월　응, 맞아. 그리고 내가 쓴 가사보다 그들이 그렇게 말해 주는 그게 더 가사 같다고 생각할 때가 있어.

훤　그렇지, 그 마음이 시와 완전 비슷한 거.

사월　그러면 진짜 시인은 변태들이네. 그리고 깁을 받기 위한 폴리아모리스트.

훤   폴리아모리네. 그래 어떤 시인들은 단어들이랑 폴리아모리 한다. 전복 만한 사랑이 없지.(웃음) 언어를 계속 뒤집으면서 평소 쓰던 문장을 새롭게 하는 쾌락이 있어. 가령 〈산〉, 〈놀이〉 이런 우리한테 익숙한 단어를 데리고 전혀 엉뚱한 곳으로 가버리는 거야. 어디로 갈지 모른 채 쫓아가듯이 읽기 때문에 좋은 시들도 있는 것 같아. 익숙한 언어에서 배신당하는 즐거움이 있잖아. 잘 쓴 가사도, 저기서 이런 말을? 싶은 부분들이 매력적인 것처럼.

사월   네가 시 안에서 진짜 자유롭게 느껴져. 그렇게 자유롭기 위해서는 엄청나게 훈련해야 했겠지. 그래서 시의 세계 안에서는 넌 자유로울 수 있는 거야. 그러니까 **시는, 이건 약간 무대야**. 어쩔 수 없어. 관객이 앉은 순간. 사람들은 무대를 보지만 조명만 볼 때도 있고 아무것도 안 볼 때도 있고, 다 보고 나면 다들 〈잘 봤어〉라고 퉁치지만 그 안에서 뭐가 좋고 별로였는지 어떻게 봤는지 자신만의 이유가 있고 다 다르단 말이야.

훤 그렇지, 빛에 반응하는 사람들은 조명 위주로 볼 테고, 드러머들은 리듬 위주로 볼 테고.

사월 너는 언어와 레이어를 보고⋯⋯ 시도 비슷하구나. 좋다. 시가 아름답게 느껴지네.

훤 이 대화를 하기 전까지는 그렇게는 생각 안 해봤는데 무대랑 닮은 점이 많네.

사월 엄청나게 많다. 그렇게 생각하니까 나도 시가 조금은 덜 서먹하게 느껴져.

훤 종합적으로 모든 걸 다 잘하는 무대도 훌륭하지만 **그 무대는 조명이 진짜 끝내줬어,** 하고 기억 남아 있는 무대도 좋기 때문에. 그렇게 되면 다른 요소는 그 사람한테는 덜 중요해지는 거지. 너는 무대에서 어때?

사월 나는 무대 위에서 내 부분에만 집중하고 다른 것들은 의도적으로 다 놓쳐 버려. 모든 걸 컨트롤하려다가 내 것을 못 하는 상황이 될까 봐. 내 목소리와 내 기타 위주로만 듣는단 말야. 나도 어쨌건 무대를 더 즐기면서 하고 싶은 욕구도 있고 고민이 있었어. 그런데 내가 이번 공연 준비할 때 즈음 보게 된 문장이 있어. 〈한 음이 틀리면 모든 게 무너지는 연주를 할 것인가, 모든 음이 다 틀려도 살아 있는 음악을 할 것인가〉. 인상 깊은 말이지. 모든 음이 다 틀려도 살아 있는 음악을 해야지. 그렇지.

훤　글 쓸 때도 그렇지. 나는 산문 쓸 때 그게 진짜 어려워. 광활한 공간을 만들고 싶은데, 한 문장 한 문장 잘 세공하다 보면 문장에 매달리게 되어서…… 더 어려워지더라.

사월　거기에 집중하다 보면 원래 예뻤던 게 없어지는.

훤　분량이 갑자기 많아지기도 하고 한 문장이 너무 시끄러워지거나 도입부가 너무 길어지거나…… 이런 걸 조율하는 게 처음에는 좀 힘들더라고.

사월　난 근데 너의 산문이 되게…… 쓰는 사람은 어렵겠지만 읽는 사람으로서는 엄청 쉽게 읽힌다고 생각하거든. 내 취향이야. 가사도 나는 그런 걸 지향해. 쉽고 무슨 말인지 빨리빨리 알아들을 수 있는 걸 좋아하는 것 같아. 시와는 반대의 취향을 가지고 있는 사람이었지. 그래서 난 너의 『아무튼, 당근마켓』이 좋았어.

훤　근데 웃긴 게…… 나 『아무튼, 당근마켓』에서 처음으로 그렇게 썼다? 그전에 쓴 산문들은 시랑 비슷하게 쓰려고 했어. 그래서 『아무튼, 당근마켓』 집필 과정이 좀 중요한 변곡점이었어. 평소 쓰던 대로 산문을 쓰니까 문장들이 모호해지고, 문장과 문장 사이 여운에만 집중하는 거야. 그걸 탈피해야겠다고 다짐하면서 어려운 단어를 계속 버리고 서사랑 구조 중심적으로 쓰면서 다음 문장을 다시 손보는 식으로 작업하게 됐어.

사월　신기하고 대단하다. 정말 탈피네. 원래 산문을 잘 쓰는 줄 알았는데 시 쓰는 사람이 새로운 방식을 만들어 낸 거구나.

훤　지금도 계속 산문을 탐구하고 배우는 마음으로 쓰고 있어. 그래서 다음 산문집 『눈에 덜 띄는』도 여전히 연마하듯 썼다. 사진 시리즈가 계속 변모하는 것처럼 산문가로서도 계속 이동하는 중이라 생각해. 그래서 우리가 편지를 주고받는 이 시간이 진짜 즐거워. 네가 쓰는 글에도 영향받고.

사월   맞아, 나도 받아 영향을.

훤   우리가 각자 가지고 있던 골격은 그대로 가지고 가면서…… 뭐라고 해야 하지, 서로의 살점 일부를 배우고 뭔가 나눠 가지게 되는 느낌.

사월   되게 진짜 죄송한데요……. 되게 키스 같다고 생각해요.

훤   으하하. 완전히.

사월   그 비유에 딱 맞지. 너무 맞아서 싫어. 미안해.

훤   정말 웃겨. 그러니까 문장에 대해서, 서로의 움직임을 보면서 이다음에 어떻게 움직일지를, 어디로 튀어 나갈지를 생각하고 영향받으며 쓰는 거니까.

사월　건조하게 말하면 탁구이고 끈적하게 말하면 키스다.

훤　그런 비유가…… 탐욕놈들* 진짜 웃기네.

사월　근데 결국 받으라고 주는 공이기 때문에 너무 좋은 거지. 뭔가 승부를 내기 위한 공이 아니잖아. 이 작업에서는 그게 너무 행복한 거야. 맞아. 배드민턴. 그러니까 영원해. 그런 식으로 봤을 때 김사월 음악은 완벽한 한 편의 자위라고 생각함. 이제 더 이상 누구를 만날 수 없다는 식으로 자해처럼 하는 거야. 근데 혼자 너무 많이 하면 누구랑 잘 못하잖아.

훤　(웃음) 진짜 미쳤나 봐……. 그렇지, 반은 정신을 놓은 거지. 많은 협업이 힘들어지는 게 다들 자위처럼 해서 그렇지.

사월　자위해야 하는 게 아니고 키스해야 하는 거지. 참 나, 이걸 인터뷰에 실을 수도 없고.

* 〈탐욕놈들〉은 이훤, 이슬아, 김사월의 단체 카톡방 이름이다.

훤　네가 쓰는 산문은 그냥 이대로 너무 좋아. 그리고 너 스스로 작가가 아니라고 생각하는 게 좀 웃겨. 음악 하는 빈도보다 글 쓰는 빈도가 덜 잦아서 그럴 수 있는데, 글을 너무 잘 써. 글만 쓰는 사람이 빠질 수 있는 함정이 있잖아. 버릇이나 습관, 반복하는 구조라든가 그런 거에 갇히지 않고 네 글을 써서 그게 좋거든. 모든 클리셰가 나쁜 건 아니지만…… 깔 게 없는 산문보다 매력적이야.

사월　그래, 다 무너졌지만 살아 있는 (웃음) 〈작가도 아닌데 잘 쓰네!〉 하는 그 달콤한 칭찬이 좋은 것 같아.

훤　음악도 진짜 좋은 음악을 들으면 얘가 어디서 데뷔했건 신경 쓰지 않고 그냥 좋다고 하잖아. 너의 글도 그냥 그런 거인 것 같고. 작가로서의 정체성이 별것 아니고 계속 쓰고 잘 쓰고 꾸준히 쓰는 게 작가로서의 정체성일 텐데, 너는 자기 언어가 분명해.

사월　만드는 사람이 겪는 과정이 너무 재미있으면 흥행하고는 상관없이 자신의 마음에는 어느 정도 들게 나오는 것 같아. 노래가 그래. 그러니까 지금 즐기며 글을 쓸 수 있다

는 점이 나는 좀 좋고, 음악에서 느끼는 압박감을 여기서 약
간 내려놓을 수 있어서 가끔 돌파구도 되고, 더 부담 가지기
싫어서 스스로 디나이얼로 작가 정체성을 생각하는지도 몰
라. 근데 막 아주 초보적인 상황은 아니고 어딘가에 글을 쓰
고 있잖아. 그게 고맙고 행복한 느낌이 들어.

훤　　너무 똑똑하다. 지혜롭다. **순수하게 수행하고 싶으니
까 부정하는 거잖아.** 이제 알겠어. **삶에서 그런 순간이 너무
적으니까.**

　　(잠시 침묵)

사월　이걸 인터뷰라고 해도 될지 모르겠지만, 이게 끝나
가는데. 마지막으로 해보고 싶은 게 있어. 나랑 사진으로
대화를 나누는 거야. 제한 시간은 5분. 내가 먼저 사진을 찍
고, 그걸 보고 네가 답장으로 사진을 찍어 주고 반복하는
거야.

2024년 6월 8일

김사월이 블로그에 쓴 글

실존적 위기 겪는 중

 김사월 2024. 6. 8. 18:24   URL 복사 +   이웃추가

어디 이야기하기 어려울 정도로 한계였고 버거웠다

다행히도 시간은 흐르고 이번 주 주말에는 별다른 스케줄이 없다.

상담 샘: 모든 게 끝나면 뭘 하고 싶었나요?

〈집안일하고, 빨래하고, 청소하고, 낮잠 자고…… 정 할 거 없으

면 책 좀 보다가 너무 심심하면 영화도 보고, 혹시 친구들이 번

개로 보자고 하면 나가고, 술이나 커피 약속 편하게 하고……〉

라고 대답하며 이걸 지금 시기에 하면 되겠구나, 생각했다.

세상은 여름이지만 지금 내 마음은 추수를 끝내고 얼어붙은 땅

이다. 이때 뭘 심어 봤자 좋을 거 없지. 다음 농사는 뭐 지을지 상

상하고 알아보고 씨앗을 구경하는 것이 더 좋겠다. 발매를 하고 2개월 정도 지났다. 앨범을 내기 전에는 세상에 들려주지 않아도, 혼자 듣고만 있어도 그렇게 애틋하고 보람찰 수가 없었다. 지금은 내 앨범을 듣지도 않고 찾아보지도 않는다. 그렇게 귀하던 것이 어떻게 이렇게 아무렇지도 않은 것이 되는지. 세상이 앨범을 그렇게 대할 것 같아서 나 스스로 더 못되게 구는 것 같기도 하다. 2개월이면 아직 힘내서 앨범 홍보를 더 해도 되나? 그런데 지금까지 한 홍보가 그렇게 효과가 있었냐 싶었을 때 그것도 아니고, 그 외의 홍보를 할 수 있는 여력도 없다. 근데 솔직히 들을 사람은 다 들었다고 생각한다. 한 번 들어 보고 또 지나간다. 이런 게 이 시대의 정규 앨범 릴리스다. 그럼 이제 나는 앞으로 무슨 작업을 해야 하나? 여기서 어떻게 힘이 안 빠질 수 있을까. 2년 동안 작업한 게 2개월 만에 사라지는데. 다음 앨범은 진짜 하고 싶은 말이 있으면 내고 없으면 안 내도 된다고 생각하고 살 것이다. 할 말이 없을 때 어쭙잖은 말 대신 침묵할 수 있는 것도 용기이고 메시지라고 생각한다.

오늘 오전에는 루틴대로 요가하고 과일 먹고 일기 쓰고 출근하려다 비 오는 날씨를 배경으로 씨네리 초고를 썼다. 다 쓰고 나서는 만화책을 좀 봤다. 슬슬 점심때가 되어서 왠지 라면을 끓여 먹었다. 라면을 먹고 나니 혈당 스파이크로 졸음이 쏟아졌다. 이럴 때 커피 마시면서 멍하게 버티며 업무를 하는데 그냥 잤다. 한 시간 반 정도 낮잠을 자고 일어나니 오랜만에 느껴 보는 육체적 배터리 100퍼센트의 상태. 어느새 날은 맑아져 있다. 옅은 프러시안블루 하늘에 흰 구름.

어제저녁에는 집에서 청경채를 넣은 파스타를 해 먹고 당근 거래를 하고 돌아오는 길에 「정희진의 공부」 5월 호 아직 덜 들은 부분을 들었다. 복싱과 인생의 공통점에 대한 부분이었다. 인생이 주는 펀치를 최대한 덜 아프게 잘 맞아야 한다는 것, 샌드백이 나에게 올 때는 치는 게 아니고 피해야 한다는 것, 공격을 손등으로 하는 것, 그러나 폭력은 손바닥으로 한다는 것, 통곡도 손바닥으로 한다.

개인적인 일로 인해 솔직히 5월쯤부터 죽음에 관한 생각을 멈출 수가 없다.
죽고 싶어질 정도로 힘들다는 응석으로 죽음을 생각하는 게 아니다. 나는 솔직히 너무 살고 싶고 내 주변 사람들도 나만큼은 살다 갔으면 좋겠는데 왜 다들 죽어 버리고 죽어 가는지에 대한 절망이다.

소중한 사람들이 나보다 빨리 가겠구나.

내 사람들이 떠나는 걸 고통 속에서 다 보고, 그러고 나서야 내가 가겠구나.

너 나 우리가 진짜로 죽는다는 것이 너무 자주 자각이 된다.

요가를 하며 열이 나고 땀이 흐르는 내 몸을 보면서도 문득 내가 살아 있구나, 살아 있다면 언젠가는 죽겠지, 상담하면서 울고 있는 내 눈물을 보면서도 내가 울고 있구나, 운다는 건 살아 있다는 것, 살아 있다면 언젠가는 죽겠지 같은 실존적 위기를 겪는 중.

상담 샘은, 슬프겠지만 슬픔을 직면해야 한다고 했다.

그 말이 너무 감당이 안 되어서 또 엉엉 울었다.

오늘 아침에 읽은 요가책에서는 이런 글귀가 나왔다.

우아한 듯이 행동하라. 당당하게 존재하며 위대하게 행동해라. 과장된 우아함과 정확함으로 움직여라. 그러면 오래잖아 당신의 몸이 정말 그렇게 바뀔 것이다. (……) 우리는 새로운 것, 익숙하지 않은 것에 서투를 수밖에 없다. 그러나 첫걸음에 서툴다는 것이 우리에게 주어진 삶의 영역에서 균형 잡을 기회를 거부할 이유는 되지 않는다. 자신에게 우아함을 허용하는 만큼 삶에서 우아해질 것이다.*

실존적 위기 앞에서 나는 어떻게 우아해질 것인가
내일 앞에서 언제든 죽을 수도 있다는 듯이
오늘 앞에서 평생 살 수 있다는 듯이
그 모든 것이 두렵지 않다는 듯이
그 두려움을 모두 직면하는 것이 우아함일까

* 롤프 게이츠, 『요가 매트 위의 명상』, 김재민, 김민 옮김(서울: 침묵의
향기, 2021).

2024년 6월 22일

죽음과 스쿼트와 청경채 파스타

가만히 있어도 땀이 난다, 사월아. 에어컨 대신 작은 선풍기가 돌고 있어. 창 안쪽으로 미미하게 드는 바람과 선풍기 날 사이를 뚫고 오는 온풍 사이에서 크고 작은 죽음에 대해 생각한다.

어제는 발등에 각질이 생긴 걸 보았다. 찾아보니 각질도 피부라고, 저절로 떨어져 나간다고 한다. 천천히 죽어 가는 피부인 셈이야. 피부도 죽는다는 사실이 이상해. 노력하지 않아도 대부분의 피부가 거기 있다는 게 더 이상한가? 덕분에 안팎으로 우리가 서서히 죽어가고 있다는 걸 기억한다. 내 일부가 탈락하면 어디로 갈까. 구르고 날리고 하수구를 타고 다른 생명의 거주지로 흘러들까. 그러고 보니 잘라낸 손톱도 모발도 작은 죽음이었다.

이 편지를 쓰다 말고 컴퓨터가 너무 느려서 바탕화면으로 돌아가 휴지통을 비웠어. 980MB의 사진과 문서 등을 지웠어. 뭘 이렇게 많이 찍고 만들었을까. 휴지통에서도 삭제되면 데이터는 영원히 사라지게 돼. 되돌아갈 수 없는 상태니까 죽음이라 불러도 될까. 무한 복사 가능한 파일들도 클릭 몇 번이면 끝을 맞는다.

우리는 계속 우리의 일부를 지워 나간다. 스스로 자초한 무수한 죽음 사이에 둘러싸여 산다.

문만 열면 러브버그가 너무 많다. 공중을 날아다니며 어떻게 짝짓기할 수 있는지 징그럽고 감탄스러워. 포유류는 평생 하지 못할 체위라 조금 부럽다. 플라잉 섹스라니. 네가 말한 공중 뿌리다. 사방에 날아다니는 검은 점들이 오류난 픽셀처럼 보인다. 일부러 지운 미디어 아트 같아. 어쩌면 인간들이 더 오류에 가까울지도 모른다. 러브버그는 일주일 길게는 두 주밖에 못 산다. 일주일만 머물 수 있다면 조금 더 너그러워져야 하는 걸까. 걔들 사체가 마당에 듬성

듬성 쌓여 있는데, 그게 제때 전하지 못한 말들처럼 자꾸 눈에 밟혀. 시도 때도 없이 사랑을 나눠서 러브버그라고 부르던데. 에너지를 다 써서 죽는 건가? 얼마나 좋은 섹스를 하길래…… 죽음에 이르는 쾌락이라니…….

작가로서 나는 가끔 죽어 있다고 느낀다. 너무 많은 걸 쓰고 찍고 옮기기 때문인가. 언어가 말라 가는 느낌이 든다. 그럼에도 마감 앞에 서면 무언가를 쓴다. 어떨 땐 거의 기계적으로 완성한 원고지만 끝냈다는 사실에 만족하며 송고하곤 하는데, 이게 반쯤 죽은 상태와 무엇이 다른지 생각한다. 짓는 행위가 매일 새로울 순 없다. 그러니까 작가로서 훈련이 누적돼 가능한 일이겠거니 생각하거든? 어떤 날은 영혼이 시든 상태와 잘 단련된 맷집을 구분하기가 어렵다. 오래 기다린 작업 앞에서는 내 안에 남은 폭죽이 선명히 느껴지기도 한다. 그러다 무기력하게 앉아 있는 날이 다시 찾아오고. 오늘은 스쿼트와 런지를 하면서 겨우 위기를 모면하고 있다. 중둔근에 힘 빡 들어가면서 피가 돌고 갑자기 그 힘으로 원고를 맺었어.

신나는 일도 있다. 장편 소설 『가녀장의 시대』를 영어로 옮기는 중이야. 문장을 다른 언어로 옮기는 동안 목격하는 작은 죽음과 탄생에 매료돼서 시작한 일이다. 잘될 땐 아주 커다란 효능감을 느끼고 안 될 땐 영혼이 턱턱 말라. 번역은 좀 다른 형태의 창작 같아. 내 문장은 아니지만 거의 새 문장을 쓰는 만큼을 고민해야 하거든. 의역도 많고. 생략된 맥락도 챙겨야 하고. 한글에는 유독 구체적인 지칭이 많다고 느낀다. 이를테면, 작은엄마, 큰아빠, 외삼촌, 넷째 이모, 막내 고모 등등. 한글에서는 친가와 외가로 나눠진 호칭이 영어에서는 훨씬 단순해지거든. 작은이모도 작은고모도 외숙모도 모두 AUNT(IE)일 뿐이잖아. 원문의 중요한 뉘앙스 일부는 언어가 바뀌며 사라진다.

그리고 동시에 언어는 그 당시 중요했던 가치를 증거처럼 가리킨다. 부계 사회가 디폴트였잖아. 아버지 쪽 식구를 〈친하고 가까운〉 친(親)을 써서 친가로 부르고 어머니 쪽 식구를 〈바깥〉을 지칭하는 외가로 불렀다. 큰아빠랑 결혼하면 큰엄마가 되었다. 모두 오래된 질서에 영향받은 언어다. 한편 바로 그게 원작자가 재현하고 싶은 복잡한 한국 정서이기도 해서 어떻게 살릴지 고민이 된다. 두 나라 사이 통째로 비어 있는 구간을 메우는 기쁨이 크긴 커. 직역이 어려운 문장들 앞에서 머리를 쥐어뜯기도 하지만 말이야. 번역을 전업으로 하는 동료들을 찾아가 묻고 싶었다.

여러분, 이 일을 어떻게 매일 여덟 시간씩 해오신 거예요?

〈그렇게 귀하던 것이 어떻게 이렇게 아무렇지도 않은 것이 되는지〉. 너의 그 문장이 내가 겪은 상태와도 비슷해서 고개를 막 끄덕이며 읽었다. 책 내고 한창 북 토크를 다닌 뒤 정신 차려 보면 더 이상 책이 아무것도 아닌 것 같잖아. 세일즈 포인트도 떨어지고 읽을 사람은 다 읽은 것 같고. 겨우 두 달 지났을 뿐인데 말이야. 책 나오기 전후로 너무 많이 읽고 고치는 동안 저자 안에서 텍스트가 낡기 때문일 텐데……. 그럴 때 씩씩한 작가를 거의 보지 못했다. 출간 블루는 모두가 겪는 것 같다. 어떻게 안 그럴까. 몇 년을 갈아 만든 열매가 두 달 만에 소진되는데.

그럴수록 네 말처럼 침묵을 소중히 여기고 싶다. 말하지 않는 것도 소리 내는 방식이고 선택이며 다음 문장의 중요한 성분이라고 기억하고 싶다. 〈진짜 하고 싶은 말이 있으면 내고 없으면 안 내도 된다고〉.

아무것도 하지 않는 날들을 만들기로 했다. 먹고 읽고 듣고 자는 시간을 충분히 구획할 거다. 네가 만화책 보고 청경채 파스타 만들어 먹고 팟캐스트 들었다는 일기를 읽고서 안심했다. 죽음에 대한 생각을 멈출 수 없다고 썼지만 생활속 사월이가 부지런히 움직이는 것 같아서. 그러는 동안 이미 얇고 좁고 뭉툭한 죽음들을 잘 맞았겠구나, 그리고 그것들 굴리면서 내일을 잘 채비하고 있겠구나 싶어서.

스스로에게 좋은 걸 많이 먹이고 나를 거의 죽음으로 내모는 풍경 앞에도 나아가며 살자 친구야. 라디오도 가끔 듣고. 두려워하면서. 아무것도 무서워하지 않으면서. 어떤 날은 눈물이 질질 나는 대로 흘러내리게 두면서.

사월이 요즘 가장 가고 싶은 곳은 어디야? 다음 쉬는 날에는 그곳에 함께 가보고 싶다.

500자의 자유

이번 주의 꿈 이야기 1

　승용차를 타고 있었다. 친구들과 만화방 입장권을 끊어야 했다. 입장권과 함께 원 프리 미니 붕어빵을 받았다. 친구가 솔직히 너 입장권 끊을 때 ㅇㅇ의 적립금도 좀 해주지 그랬냐 따졌다. 나는 그런 걸 챙겨 줘야 하는지 몰랐다. ㅇㅇ를 보면 정말 많은 영화와 이야기들을 보았기에 더 자기다워졌다고 생각 안 하냐고 진짜 자기다워지는 방법은 다른 사람들의 이야기를 듣는 것이라고 너에게 집중하는 몇 년 동안 네가 얼마나 지금 피폐할지 생각해 보라는 그 꿈에서 깨어나는 내가 요즘 뭘 기다리고 살고 있었는지 생각했다.

　뭘 기다리는지도 모르고 뭔가를 기다리고 있다. 아무것

도 기다리지 않는다. 나를 기다리는 것은 아무것도 없다. 그다음 날은 육체-뇌가 사라진다면 영혼이 생각하는 것은 가능할까? 같은 하루키의 문장을 읽고 잠들었더니 아주 많은 뇌가 실험실에서 포르말린에 보관되고 있는 장면을 보았다.

사월

이번 주의 꿈 이야기 2

    잠에만 들면 자주 뛰어다닌다. 엊그제는 기말고사 아침인데 20분 늦게 일어났다. 어젠 곧 인쇄 들어갈 잡지 파일을 실수로 엉뚱한 회사에 전송했고, 평소 태평하던 편집장이 고래고래 소릴 질렀다. 잠깐 졸았을 땐 헤어진 연인 차에서 깨어났다. 나는 대체 왜 그럴까? 헐레벌떡 꿈속에서 떠안은 문제를 무마하고 눈 뜨면 물에 젖은 이불처럼 몸이 무겁다. 꿈은 매우 좋거나 적당히 어려울 때만 알아볼 수 있다. 위태로우면 그럴 여유가 없다. 새벽에는 빚 보증서에 사인하는 바람에 이곳저곳 전화 걸다 무서워졌는데, 그때 꿈인 걸 알았다. 너무너무 겁이 났기 때문이다. 포기하고 있는 힘껏 눈을 떴다. 기권. 새벽 5시의 딜레마. 고통받으며 두어 시간 더 잘 것인가, 맨정신으로 새벽을 나고 오후쯤 졸음의 곤경에 처할 것인가. 후자를 택하면 잠이 부족하니 오늘 또 뛰게 되는 건가? 그런 생각이 이어지다 잠이 깼다.

꿈은 무의식의 집이라던데. 이 주소의 나는 요즘 어질러진 부엌이다. 방치된 옷장이다. 가진 걸 다 망가뜨리고 달아나거나…… 달아날 용기조차 없어 분주해지는 인간이다.

휜

이번 주 산책 1

영화 「퍼펙트 데이즈」를 보았다. 「패터슨」의 빔 벤더스 버전 같았고 그래서 좋았다. 마지막 장면에 니나 시몬의 「필링 굿」이 중요한 노래로 쓰이는데, 그 쓰임이 약간 전형적이긴 하지만 그래서 오는 어쩔 수 없는 감동이 있다. 영화관에서 나오는데 배가 고팠고 나는 영화 속에 나오는 편의점 샌드위치를 먹고 싶었다. 한동안 나는 돈을 막 썼다. 돈도 없으면서 돈으로 뭐든 해결했다. 돈을 다뤄 본 적이 없는 사람이 돈을 벌게 되면 생기는 흔한 일이다. 샌드위치가 먹고 싶으면 좋은 식당에 가서 만 원이 훌쩍 넘게 되는 비건 샌드위치를 먹었다. 요즘은 다시 돈 아끼는 방법을 찾는다. 애초에 나에게 그 정도의 사치가 필요했었나? 싶은 것이다.

편의점에서 3천 원이 안 되는 샌드위치를 샀다. 그리고 그것들은 대개 논비건이다. 계란만 들어 있는 것으로 샀다. (채식을 5~6년 하다 보니 이제는 고기나 햄 같은 질감이 잘 씹히지 않는다.) 죄책감을 가지고 흰 우유도 샀다. 내 의지로 우유를 먹는 건 진짜 몇 년 만인 것 같다. (영화에 나온다고 이것까지 굳이 따라 할 필요는 없을지 모르지만…….) 정동길의 아무 계단에 앉아서 하교하는 학생들과 그 주변을 걸어 다니는 사람들을 관찰하며 샌드위치를 먹었다. 걸어 다니는 사람들의 옷차림을 관찰하고 이야기를 엿들었다. 내가 할 일이라고는 그것밖에 없는 것처럼. 샌드위치를 다 먹고 나서 따릉이를 탔다. 짧은 치마가 말려 올라갈까 봐 가지고 있던 셔츠를 허리에 묶어 긴 치마처럼 만들고 자전거를 탔다. 무덥고 평화로운 거리를 쌩쌩 달렸다. 영화에 〈고모레비(木漏れ日)〉라는 단어가 등장하는데, 그것은 나뭇잎 사이로 비치는 햇빛이라는 뜻이다. 〈고모레비는 바로 그 순간에만 존재합니다〉라는 문구. 신호 대기 중인 도로의 자전거에 앉아 가만히 고모레비를 바라보았다.

사월

이번 주 산책 2

엊그제는 음악인이 많이 보이는 망원동 팟캐스트 녹음실 근처를 따라 걸었고, 어젠 네이버 맵이 정확히 지목하지 못하는 수십 년 된 을지로 대림상가 주변을 배회했다.

오늘은 사람의 얼굴을 따라 걸었다.

사람의 얼굴을 따라 걷는 방법은 크게 두 가지다. 그 사람과 산책을 같이하거나 그의 사진을 찍으면 된다. 전자의 방식은 움직이는 얼굴, 특히 그 사람의 옆얼굴을 잘 배우게 된다. 산책을 함께한 사람과는 조금 더 빠르게 친근해지는 느낌이다. 걷기는 생각보다 더 적극적인 상호 작용이기 때문이다. 상대의 신만 보며 걷지 않지만 그가 이동하는 속도에 내 발끝뿐 아니라 몸의 전반적인 반경을 맞춰야 하고, 반대

편에서 오는 행인이나 자전거와도 거리를 유지하며 이야기까지 잘 이어 나가야 하는 꽤 입체적인 교감 방식이다.

사진을 찍는 경우 얼굴을 오랫동안 살피는 산보가 허락된다. 촬영 중 눈을 맞추고 구도를 바꾸며 빠르게 한 번, 찍은 뒤에는 마우스를 따라 빛을 조절하며 아주 느리게 십수 번 살피게 된다. 시간이 무한히 주어지는 산보. 꼼꼼히 보정하다 보면 어디 점이 있는지, 웃을 때 어느 쪽으로 주름이 지는지, 몸이 편안한 경사는 무엇인지 보인다. 그러고는 이내 잊는다. 어떤 낯빛은 찍는 이가 먼저 알게 된다는 사실에 늘 놀란다. 그것은 우리가 타인이기 때문에 가능한 일이기도 하다. 당신의 바깥에 있기 때문에. 그것은 아주 분명하게 나의 얼굴이 아니고 내가 아니기 때문에 더 정확히 보게 된다.

훤

해야 하는데 못 하고 있는 것 1

1. 4집 지출 내역서 정리

4집 제작에 얼마를 썼는지 어느 순간부터 기록을 포기했다. 정신없기도 했고 그냥 있는 돈 다 쓰자, 심보로 해버렸기 때문에. 이것을 정리해야 다음 제작 때 참고할 텐데 지금 3개월째 미루는 중.

2. 4집 앨범 작업 영상 편집

캠코더로 1년 정도의 앨범 작업기를 찍었는데 열어 볼 엄두가 안 난다. 컴퓨터 사양도 엄두를 못 내는 거 같길래 이거 때문에 큰맘 먹고 업그레이드도 했는데. 요즘 쁘띠 번아웃 기간이라 작업실도 안 감.

3. EPK 정리

아티스트 프로필 + 포트폴리오 정리 같은 건데 이것도 엄두가 안 남. 특히 자신을 한 줄로 요약 소개해야 하는 부분부터 막혀서 EPK의 콘셉트가 안 잡힘. 내가 누구에게 무얼 어필하고 싶은지 말하는 것이 어려운 것이다. 지금까지는 있으나 마나 한 글귀로 나를 소개했다. 예를 들면 자기만의 이야기를 하는 뮤지션……. 자기만의 이야기를 안 하는 뮤지션이 있나? 그러나 그 문장은 나에 대해 어떤 것도 알려주지 않는다는 점에서 안전하게 느껴졌다. 이 문구는 공연장 팸플릿 같은 여기저기에 붙여서 뿌려졌다. 정확하면서 느끼하지 않은 문장을 만들고 싶은데 며칠만 지나고 봐도 별로다. 아무튼 요즘 생각나는 문장들은 이렇다.

연약한 마음을 응시하는 음악.

후벼 파는 행위를 하면서 약간 자가 치유가 되는 음악.

아픈 이야기를 해서 나아지고 그래서 마냥 아프지만은 않은 음악.

사월

해야 하는데 못 하고 있는 것 2

언제나 가장 하고 싶은 일이 놀기는 아니다. 애석하게도 나는 일을 해야만 효능감을 느끼는 취약한 인간인데, 그렇다고 항상 일만 하고 싶은 것도 아니다. 일이 많을 때는 놀고 싶고 놀기만 할 때는 일하고 싶다. 미치겠는 밸런스 게임. 그러니까 그 달 치렀던 노동량에 따라 욕구가 변한다. 삼 주 동안, 달걀 같은 나의 체력에 비해 너무 많은 글을 썼고, 매일 아침마다 한글에서 영어로 소설을 옮기고 행사까지 잡혀 최고로 놀고 싶은 상태다. 볼 것도 많고 가고 싶은 데도 많다. 그러나 가장 필요한 일정은 쉬다. 아무것도 안 하고 방해 금지 모드로 하고 이 별에서 잠시 사라지고 싶다. 그걸 하려면…… 지금 쓰는 이 글을 맺어야 한다. 그래야 마감을 놓치지 않고 사라질 수 있다. 그럼 마음을 다르게 먹으면 어떨까? 지금 쓰는 글이 가장 하고 싶었던 일이라고 쓴다면? 쓰는 데 그치지 않고 믿는다면? 여기까지 쓰니, 내가 가장 하고 싶었던 말을 글로 남기는 것 같다. 그럼 된 거 아닐까? 〈해야 하는데 못 하고 있는 일〉에 대해 쓰면서 나는 해야 하는 일뿐 아니라 하고 싶었던 일까지 할 수 있게 된다. 이 기획에서 우리가 결정한 원고 최대 분량은 500자였고 조금 전 479자에 있었다. 정말로 해낸 것이다. 나는 이제 사라진다.

훤

집에 가고 싶은 순간 1

집에 가고 싶을 때 카페에 가서 문제고

집에 가고 싶을 때 비행기를 타서 문제다.

그러나 진정한 의미로의 집은 없으므로

사놓은 드립 백을 두고 밖으로 나가고 침대에 누워 항공권을 검색하는 것.

어제는 길을 걷다가 너무 졸려서 공원의 으슥한 벤치에 누워서 20분 정도 낮잠을 잤다.

자고 일어나니 그전보다는 조금 살고 싶어졌다.

저녁으로 튀긴 음식을 먹고 싶었지만, 충동을 억누르고 토마토와 오이, 피망, 양파를 사서 집에 들어왔다.

푸실리 면을 5분 정도로 꼬들꼬들하게 삶아서 올리브오

일을 살짝 뿌려 140그램 세 통으로 소분했다.

양파는 집에 있던 배추와 가지와 함께 잘게 썰어 코코넛 오일과 소금에 볶아 통에 넣었고 토마토와 오이, 피망은 썰기만 해서 따로 담았다.

푸실리 양이 더 있었다면 좋았겠지만 이 정도로 세 번 정도의 끼니가 만들어졌다.

요리한 재료들은 전자레인지에 돌리고, 그냥 썰어 두기만 한 채소들과 함께 볼에 넣어서 발사믹 식초와 올리브오일, 후추와 소금 간을 해서 먹으면 될 것이다.

어제 만들어 둔 두유 요구르트도 통에 나누니 세 통정도 나왔다.

통에 들어가지 않은 남은 요구르트를 숟가락으로 박박 긁어먹고 나서야 다행히도 거실 소파에 누울 수 있었다.

사월

집에 가고 싶은 순간 2

언어를 잃어 본 사람은 열네 시간씩 비행하기 위해 공항으로 간다.

자기 자신인지 오래된 사람은 종일 걷는다.

30년간 노래한 뮤지션을 알고 있다. 그는 언제 주소를 옮길지 몰라 계속 부른다고 했다.

집이 없다고 느낀 시절에 가장 집에 가고 싶었다.

문이 있고 방이 있어도 집은 아닐 수 있다. 함께 사는 사람이 있어도 집은 아닐 수 있다. 가장 오래 머물지만 집은 아닐 수 있다.

누군가에게 집은 시간 단위로만 존재하는 상태

　　하룻밤 사이 흩어지는 인간들과

　　어떤 날은 성립되고 또 어떤 계절엔 나를 통과하지 못하
는 다짐.

　　　　　　　　　　　　　　　　　　　　　　　횐

누군가를 조금 더 좋아하게 되는 순간 1

슬쩍 멋을 냈는데 그게 생각보다 이쁠 때
슬쩍 멋을 냈는데 그게 생각보다 안 이쁘고 웃길 때

글쎄 좋아하게 될 사람은 어떻게 해도 결국 좋아하게 되더라
그리고 좋아하게 된 이유로 싫어하게 되지
같은 이유를 기반으로 좋아할 수도 싫어할 수도 있는 것이
인간의 괴로운 점

그렇지만 조금 더 좋아하게 된 사람들에게서 본
내가 기억하고 싶은 ─ 그래서 오래 간직하고 있는 장면
은 있다

내가 호들갑 떨고 불안해하고
서운해하고 무서워하고
질투하고 땅을 파는 부분을
너도 비슷하게 느낄지라도
그럴 수도 있다면서 옆에 있어 주던 모습

사월

누군가를 조금 더 좋아하게 되는 순간 2

어제도 누군가를 더 좋아하는 게 되었다. 그런 마음은 생각보다 뜬금없는 방식으로 뻔한 방식으로 또 예측하지 못한 만큼의 넓이로 일어난다. 좋음이라는 거, 마음이라는 거 멀리 튕겨 나간 원반처럼, 어딘가 안착한 뒤에야 서서히 볼 수 있다.

작가로 살다 보면 다양한 성격의 행사를 하게 된다. 소수 인원이 오는 낭독회, 왁자지껄한 플리마켓, 엄숙한 강당에서 하는 아티스트 토크, 시키지도 않은 노래도 가끔 하는 북콘서트……. 그럼에도 어제는 처음 갖는 자리가 있었다. 하나의 전시를 따로 또 같이 보는 프로그램이었다. 전시는 주로 혼자 또는 둘이서 본다. 나도 그걸 좋아하지만 어떤 날은 전시장이 외로운 공간처럼 느껴진다. 느슨하게 다 같이 볼 수는 없을까. 전시장에서 〈함께〉의 감각은 어떻게 생겨날까. 전시장에서 개인이 머무는 방을 잘 지키면서도 그런 경험이 가능할까. 오래 고민해 왔고, 뮤지엄 한미의 김선영, 박민호, 신혜림 큐레이터와 함께 그런 자리를 만들었다.

밤을 주제로 깊고 넓게 다룬 사진전 「밤 끝으로의 여행 Endless Journey to the Black Night」(2024)의 연계 프로그램이었다. 각 관에서 전시를 통과하며 내가 쓴 시의 일부를 먼저 낭독했다. 이후에는 흩어져 5분간의 개인 관람이 이뤄졌다. 충분히 혼자 보았을 즈음, 김선영 큐레이터와 나의 대화가 관람객에게 미리 나눠 준 이어폰을 통해 송출됐다. 옆 사람의 대화처럼 우리의 목소리가 흘렀다. 누군가는 귀 울이고 누군가는 느슨하게 들으며 걸었다. 시로 먼저 열고, 혼자 보고, 같이 들었다.

관람을 마치고, 서른 명의 관람객이 나란히 앉아 전시와 그날 밤에 대해 썼다. 각자가 쓴 걸 돌아가며 읽었다. 그리고 각자의 한두 문장씩 발췌해서 그 자리에서 새로운 시를 한 편 만들었다. 그 기록은 모두가 함께 빚은 시였다. 말미에 순서를 재배치하지 않고 읽었는데 텍스트들이 멀면서 때때로 매우 가까웠다. 손이 베일 만큼 날카롭기도 했다.

밤이 수반하는 우연성, 그리고 즉흥성이 약속하지 않은 텍스트에서 묻어났다. 거기 있는 문장 일부는 우리 것이고 나머지는 개인의 것이다. 우리는 공동의 비밀을 만들었다. 비밀을 함께 만든 자들을 어떻게 더 좋아하지 않을 수 있을까. 그날 와준 친구는 말했다. 「나 너 때문에 시랑 좀 더 친해진 듯. 시가 좀 더 좋아지는 것 같아.」 그렇게 말하는 친구를 어떻게 더 좋아하지 않을까.

이동과 관람과 쓰기를 느슨하게 함께했더니 함께인지 혼자인지 헷갈리는 순간도 있었다. 자유롭게 두 사이를 오가는 상태가 낯설었다. 좋았다. 조명 때문에 모든 윤곽이 또렷해지는 밤과 흐릿한 꿈을 오가며 작아졌다 팽창하는 밤과 닮았다.

전시관에서 고갤 푹 숙이고 무언가 쓰던 이들의 모습을 잊기 싫어, 나는 천천히 여러 번 보았다.

낭독할 때 눈감고 듣던 관객의 얼굴이 흔들리는 수면처럼 자꾸 일렁인다.

흰

내 인생에서 벌어질 최악의 시나리오(2024버전) 1

나도 모르게 진행되고 있었던 중대한 질병이 발견된다. 치료를 혼자 어찌 해결하려다가 부모님이 이 사실을 알게 된다. 냉큼 서울로 올라온 어머니가 나를 데리고 본가로 데려가려 한다. 우리 집은? 작업실은? 지금 그런 거 걱정할 때니, 너는 치료에 전념해야지. 나의 서울 집과 작업실은 그렇게 정리되고 나는 경상도 어느 작은 시골에 묶여 엄빠와 함께 살며 치료에 매진한다. 어느덧 40대가 된 사월, 얼추 질병은 개선되었지만 평생 관리하며 살아야 한다. 음악이고 뭐고 손 놓은 지 너무 오래되었다. 다시 시작하려니 예전의 총기가 없다. 직업이었을 때 음악을 만들 수 있는 지구력을 다 쓴 것 같다. 성인 이후의 삶에서 평생 살았던 서울을 그리워하지만 이사할 수 있는 여건도 방법도 없다. 아버지의 일손을 도와 참외 농사를 짓고 G 읍내의 카페에서 아르바이트하며 근근이 살아간다. 그러나 결국 지금의 삶에서 도피를 꿈꾸는 데 기반이 없어진 그녀가 할 수 있는 선택은 외부인과의 결혼……. 읍내 카페 사장님의 친구로 가끔 놀러 오던 60대 후반의 아저씨를 떠올린다. 카페 사장님과는 고등학교 동기로 자기도 서울에서 살았다며 허세를 부리지만 이야기를 들어 보니 몇 달 안 살았던 것 같고 본래 활동 지역은 안양이다. 그곳에서 작은 아파트 한 호를 소유해서 나온 월세 생활비로 근근이 살아간다고 한다. 부모님은 두 분 다 돌아가셨고 형제는 없다. 사월은 네이버에 검색해 본다. 부부 증여 한도, 부부 상속세, 유족 연금, 사망 상속 시…….

사월

내 인생에서 벌어질 최악의 시나리오(2024버전) 2

요즘 나의 화두는 어떻게 하면 최대한 덜 부러뜨리면서 말을 다른 나라의 말로 옮길까다. 한국 문학 번역원 수출 지원 사업에 선정된 『가녀장의 시대』의 샘플 번역 110페이지를 맡았다. 전시 서문이나 동화책 등을 번역하기도 했지만, 이번 작업은 특히 중요하다. 아내의 소설이기 때문이다.

말이란 걸 훼손하지 않고 어떻게 옮길까? 어떤 문장은 원어 그대로 직역하면 영어에서 이상한 문장이 된다. 언어는 말을 담는 그릇이지만 둘레와 배경, 홈이 파인 방식도 전부 달라서 잘 옮기려면 익숙한 표현을 새 지형에 맞춰 자르거나 통째로 바꿔야 한다. 의역이 늘 좋은 번역인 것도 아니어서, 번역가는 두 그릇 위에서 뒤뚱대다 자주 떨어진다.

이 중요한 일을 8월 말까지 끝내야 한다. 샘플 번역은, 9월에 도착하는 수십 개 해외 출판사가 들여다볼 자료다. 그것 없이는 가녀장이라는 개념부터 소설과 번역에 대해 적극적으로 피칭해도 판권을 사 가지 않을 것이다. 불안할 것이다. 샘플 번역조차 안 돼 있다면 이 출판사를 신뢰할 수 있을까? 넷플릭스에 오를 수도 있었을 작품이 나 하나 때문에 무산될 수도 있다. 이건 올해 내가 해내야 하는 가장 중요한 마감이다. 끝내는 데 그치지 않고 잘해야 한다. 뉘앙스뿐 아니라 소설이 관통한 시대의 모습을 고스란히 옮겨야 한다. 좋아하는 소설이 나 때문에 수출에 실패한다면……믿고 지목해 준 이야기장수 출판사와 아내에게 아주 오랫동안 미안함을 안고 살아가게 된다. 서점에 갈 때마다, 소설에 관해 이야기 나눌 때마다, 영어가 나오는 영화를 볼 때마다, 〈가녀〉린 같은 말만 들어도 움찔움찔할 것이다. 여기까지 상상하는 것만으로 식도에서 산이 역류하는 것 같다.

오늘 아침엔, 곧 무대에 서야 하는데 가사도 노래도 준비가 전혀 안 된 악몽에 시달리며 식은땀을 흘렸다. 무대에 서려면 번역을 마쳐야 한다.

흰

(당신에게) 우정이란? 1

우정 속에도 사랑이 있고
사랑 속에도 우정이 있다
잘될 때는 너 때문인 거 같고
잘 안 될 때는 나 때문인 거 같다
이석원 선생님은 이렇게 말씀하셨지
사랑과 우정 모두 괴로움이라는 것을……

사월

(당신에게) 우정이란? 2

7월 26일

샤워가 끝나면 흘러 내려가는 비누 거품. 눈앞에서 서서히 작아지는 게 보인다. 그리고 어쩌면 우리는 어딘가에서 다시 모여

다시 모이지 않아도 되고.

7월 27일

나무목에서 만난 토끼와 토끼. 둘 다 포기할 마음이 없다.

7월 28일

보이지 않는다.

7월 29일

있었다. 내가 보지 못했을 뿐.

7월 30일

모국어가 다른 두 사람이 함께 배우는 타국어. 타국어는
새로운 타국어로 우릴 인도한다.

7월 31일

자주 아픈 자에게 가끔 후순위가 되는 약속. 그럼에도 딱
딱한 어떤 믿음.

8월 1일

황도 복숭아.

흰

당신이 근래 본 영상 중 가장 좋았던 것과 이유 1

말로 전해 줘 당신의 전부를

망설이지 말고 들려줘 당신의 목소리를

사람은 나약해서 모르는 사이에 상처받아

감당하지 못할 정도의 아픔을 안고서

지켜야만 하는 것은

분명 사랑이라는 이름의 용기

―S.E.S., 「(愛)という名の誇り(사랑이라는 이름의 용기)」

이 노래 인트로 부분의 멜로디는 높은 음역에서 짧은 상
향 진행이 반복되며 긴장감과 공격성, 마침내 해소감까지
의 에너지가 강력하다. 이 부분을 맑고 조금 슬프기도 한 음

색을 가진 가수 바다가 노래 특유의 날카로움을 전혀 숨기지 않고, 아니 오히려 더 매섭게 느껴지도록 쩌렁쩌렁하게 가창해 버린다. 다른 악기가 하나도 들리지 않는다.

당신의 전부를, 목소리를 듣기 위해서 전속력으로 내던지는 목소리는 얼마나 압도적인가.

아마 어떤 호소로도 우리는 〈당신의 전부〉를 들을 수 없을 것이다. 그래서 더욱 세게 외칠 수밖에 없다.

역설적으로 여기서 우리가 듣게 되는 것은 이 가수가 들려주는 자신의 전부, 자신의 목소리, 이 사람이 가진 사랑이라는 이름의 용기……

사월

당신이 근래 본 영상 중 가장 좋았던 것과 이유 2

다른 데서 본 두 영상이 왜인지 무관하지 않은 것 같다.

사람이 사는 집에 거주하는 문어 영상을 봤다. 물론 어항 안이다. 처음 입양된 반려 문어는 사람을 경계하는 게 분명했다. 돌과 비슷한 색으로 위장했고, 먹이 주는 손가락임에도 물에 들어서자마자 어항은 먹물로 가득 찼다.

지금 내 공간을 침범했어. 너를 환영하지 않아. 분명한 대꾸였다. 몇 주가 흐르고, 같은 반려인이 손가락을 넣으면 문어가 놀자고 긴 다리를 먼저 뻗는다. 이름을 부르면 어항 밖에서도 어항 쪽으로 헤엄쳐 온다.

다른 대륙에서 포스팅한 고양이 영상을 봤다. 반려인은 고양이에게 장난을 건다. 계단을 타고 내려오는 고양이 몰

래 숨어 있다가 계단 끝에 그가 다다랐을 때 놀리듯 갑자기
나타난다. 고양이는 나무에서 뭐라도 떨어진 것처럼 화들
짝 놀라고 반려인은 낄낄 웃는다. 영상은 말미로 향한다.
반려인이 내려오는데 같은 고양이가 계단 마지막 칸 옆에
몸을 둥글게 말아 숨어 있다가 반려인을 똑같이 놀래킨다.
반려인은 화들짝 놀라 넘어진다. 끅끅 웃다가 나는 갑자기
기억하게 된다. 인간뿐 아니라 비인간들이 얼마큼 관계 맺
는 존재인지를. 싫다고 검은 물을 쏘고, 열 개 중 하나의 다
리를 건네고, 똑같이 되갚겠다고 숨어 기다린다. 서로를 알
아보기 때문이다. 아는 데 그치지 않고 둘 사이 합의된 언어
를 기억하고 그 언어로 말을 건다.

　이 글을 쓰는 동안 자기 꼬리로 내 오른팔을 감싼 채 쉬고
있는 숙희를 본다. 숙희도 나를 본다. 몇 쌍의 깜빡임이 오
간다.

흰

이상적인 하루 계획표, 루틴(2024버전) 1

1. 고정적 변동 스케줄이 있는 경우 해당 시간 앞뒤로 루틴을 조정한다.

요가원: 매주 수요일 오전 10시~12시

필라테스: 일주일에 1.5번, 1시간, 오후 12시~2시 사이에 시작

상담: 2주에 한 번, 1시간

2. 공연, 촬영, 합주가 있는 날은 루틴을 지키지 않는다.

3. 루틴을 못 지키는 날은 쉬거나 자유 시간으로 활용하기도 한다. 자유 시간에는 보통 카페, 영화관, 도서관, 바를

간다.

예) 오전 루틴, 오후 필라테스, 카페, 저녁 합주.

4. 그렇지 않은 보통의 — 스스로 이상적이라 생각하며 지키기를 소망하는 — 루틴은 다음과 같다.

오전

9시: 기상, 몸 체크, 요가

10시: 근력 운동, 주스(사과, 당근, 양배추), 샤워, 보습

11시: 일과 확인과 다이어리 쓰기, 간단 업무

12시: 점심 식사

오후

1시: 작업실 출근

2시~6시: 작업실 (메일, 문자, 카톡 등 응대 / 공연, 원고, 음원, 아카이빙을 위한 준비, 연습, 작업)

6시: 퇴근 후 작업실에서 집까지 걸어가기 + 집 앞 마트에서 장 보기 옵션

6시 30분: 집 도착, 샤워, 저녁 준비

7시: 저녁 식사 + 딴짓

8시: 정리와 청소

9시: 독서, 영화 혹은 잔업 (거의 페이퍼 워크)

11시: 다음 날 계획과 준비물 싸기

12시: 취침

사월

이상적인 하루 계획표, 루틴(2024버전) 2

이번 여름의 이상적인 루틴

9시 30분: 기상. 아내 그리고 고양이들과 인사. 환기.

9시 35분: 물 한 컵 마시고 씻기.

9시 40분~10시: 요방형근과 장요근 스트레칭. 햄스트링과 고관절도 필수. 캣 카우 자세와 폼 롤러는 허리뿐 아니라 정신에도 좋다.

10시: 과일과 두유, 견과류 먹으며 집필 시작.

12시 30분: 점심. 원형에 가까운 야채 위주로, 밥은 잡곡. 커피 금지.

(일요일은「출발! 비디오 여행」시청.)

1시 30분: 잡초 뽑기. 이틀만 지나도 세잎클로버들이 BTS같은 진출력으로 마당을 장악하므로 땡볕이 아니라면 10분이라도 뽑기.

2시: 메일과 잡무.

3시~6시 30분: 번역과 집필 번갈아 가며 작업. 졸리면 40분 낮잠.

6시 30분: 저녁과 설거지. (행사)

7시~8시 30분: 동네 산책. 이것은 산보도 러닝도 아니다 싶은 속도로. 농구로 대체하기도 함. 걷다 보면 좋은 생각이 나므로 휴대폰이나 펜 들고 가기.

9시: 마감을 끝내지 못했다면 다시 집필.

(행사 전날은 프로그램과 의상 준비 및 PPT 톺아보기.)

10시: 넷플릭스 등 보기.

11시: 수면제 먹고, 다시 스트레칭. 아침에 풀었는데 이상하게도 빽빽함. 지금 미루면 내일은 더 수축돼 있을 것. 폼 롤러를 하고 소가 되었다가 고양이가 되기.

12시~1시: 파트너와 히히대며 하루 돌이켜 보다 잠들기.

횐

마지막 편지

2024년 10월 1일
사월에게

답장을 기다려 주는 사람, 지금 내 안에 떠도는 말들을 가장 전하고 싶은 사람, 그 한 사람 때문에 많은 것이 달라진다고. 수신자가 일으키는 파동은 정말 놀랍다고. 한때는 그렇게 믿었거든, 사월아. 편지는 늘 가까운 수단이었으니까. 그러다 시절이 바뀌고 어느 순간부터 쓰지 않게 되었다. 이상하지? 너무 많은 편지를 쓰다가 더 이상 신봉하지 않게 된 거야.

그렇게 몇 년이 흘렀다.

그리고 지난 열두 달 동안 우리가 주고받은 문장들 때문에 나는 오래된 믿음을 다시 회복하게 됐다. 편지를 쓰며 살고 싶어졌어.

네 덕분에 카펫 밑에 두어 눅눅해진 거짓말을 꺼냈다. 수치심의 목록도 펼쳐보았다. 미워했던 친구를 덜 미워하기로 했고 그러다 가끔 내가 나를 용서해 주었다. 그리고 봤다. 혼자 있을 때보다 더 천천히, 네 눈으로, 너를 지나간 사람의 눈으로, 그리고 다시 날 통과하는 눈으로 이제껏 본 것들을 다시 봤다.

편지는 세계를 다시 읽는 지침서 같은 거니까. 이 책은 둘이서 쓴 세계에 대한 일지이자 서로에 대한 목격담이고 자신에 대해 쓴 보고서다. 더 많은 타인에게로 향하는 광야의 우정이기도 하다.

그런 우정을 오래 원했다.

편지를 써도 삶의 어떤 부분은 해결되지 않는다. 우정이 모든 걸 구제해 줄 순 없으니까. 어떤 일들은 내가 감당해야 한다. 쓰고 읽는 동안 너도 그랬겠지. 앞으로도 그러겠지. 그러다 우리는 통신을 다시 건넬 거다. 수건을 주고받을 거다.

기다림에 대해 생각하는 시월이다. 어쩌면 온갖 종류의

기다림이 지금의 나를 만들었다고, 끝나지 않는 기다림 속에서 생각한다. 이제 기다림과 제법 친해졌다고 생각할 때마다 또 동요한다. 간절한 마음과 초연함은 강과 얼음처럼 가까이 있음을 기억한다.

한편 나를 기다려 주는 이들을 생각한다. 친구들은 회신이 느린 날 견뎌 준다. 고양이들은 작업하는 동안 무릎에 왔다가 마우스 옆에 누워 있다. 어떨 땐 몇 시간씩 거기서 기다린다. 걷다 말고 사진 찍는 나, 말이 느린 나, 외출 전 꼭 화장실에 들르는 나를 슬아는 재촉하지 않고 기다려 준다. 나도 조금 더 빠르게 움직이며 걸음을 맞춰 본다. 기다리고 싶은 사람이 있다는 건 고마운 일이다.

사월아, 그간 너의 편지를 기다릴 수 있어 영광이었다. 나의 답장을 기다려 줘서 기뻤다.

편지하며 깊어진 이 우정이, 미래에 찾아올 새 우정 앞의 나를 바꿔 놓았다.

수신자가 너였기 때문에 끄집어낸 어항과 이끼와 고백들이 있었다.

그리고 전화가 필요한 날, 갑자기 누군가 만나고 싶은 날,

망설이지 않게 되는 친구가 생겨서 얼마나 든든한지 모른다. 우리의 나침반은 자주 고장 나지만 맞대기 때문에 찾게 될 세계의 다음 입구를 기대한다.

이제 다음 시집 작업을 하러 간다. 완전히 달라진 시집을 쓰고 싶다. 그런 마음으로 시 앞에 서 있다. 너랑 시에 대해 이야기하며 또 한 번 시가 변했다. 사람은 갑자기 달라질 수 없지만 시 안에서는 그래도 되잖아. 수록될 시 중 하나는 이런 문장으로 시작된다.

소년이 노래한다
고함치듯이

그 고함은 우리가 구경한 적 있고
가져본 적 없는 연체동물
빛나는 껍질

이 우정은 내 안에 크고 작은 고함을 시작했다. 앞으로 쓰게 될 시들 몇 편은 거기서 태어날 거다. 네가 만들 다음 노래들도 기대한다.

수백 쪽의 기다림이 우리 앞에 있다, 사월아. 우리 그것을 명랑하게 견디자.

고마워. 또 편지할게.

내 친구 사월에게,

진우 그리고 훤

2024년 10월 1일
내 친구 진우 훤 리에게

처음에는 넌 내 친구 슬아의 남편이었다.

이제는 슬아를 배우자로 둔 내 친구 훤이.

어떤 시점부터 나는 삶을 채우는 대부분을 남성이 아닌 사람들로 구성했었다.

인간관계, 보고 듣는 음악, 영화, 책, 그걸 만든 작가들······.

그래 성별이라는 건 스펙트럼이고 세상의 편의상 굳이 분류하는 것이기에

여기선 자신의 성별에 대한 고민이 없던 남성 정도라고 해두자.

남성과 쉽게 친하게 지내지 못하는 내 성질은

내가 파고든 커뮤니티 안에서는 안전했다.

안전했고 오히려 좋은 성질처럼 여겨졌다.

한동안 우정도 일도 사랑도 여자들이랑만 했다.

어떤 부분을 제외하고도 상황이 잘 굴러갔을 때의 가뿐함 같은 것이 있었다.

그래서 내 친구의 남성 파트너인 너와 우정을 시도하며

경계를 풀고 농담을 하고

감탄을 하고 고민을 나눠 보니

좀 이상한 기분이 들었다.

나는 뭔가를 안 보고 살았다.

이 세상에 일어나는, 내 주변이 겪는, 내가 겪을 수도 있었던

여성과 남성이 관계하며 겪는 기쁨과 만족, 애매함과 슬픔, 갈망과 폭력 그리고 그렇게만은 표현하기 어려운 그 모든 것에 대해 회피하고 있었던 것 같다.

내가 거부했던 세상을 우연히 되돌아보니

별로라고 생각해서 아예 고려도 안 했던 것들이

그렇게까지 별로이고 나쁘고 죽을죄인지 싶었다.

그 나름의 아름다움과 탁월함, 그만의 고통과 아픔을 거절하며

남성과 친하지만 않다면 안전하다고 생각했던 나는 모두에게 얼마나 오만하고 무례했던 걸까?

그런 식으로 안전히 살아온 내 세상은 얼마나 좁았던 거니?

너는 내가 새로 사귄 사람이고 그런 너의 성별이 남성이었을 뿐이다.

서로의 성별과 계급에서 오는 취약점과 권력을 자각하려 한다.

뭐 이런 것들 다 치우고

우린 그냥 네가 겪고 내가 겪는 일들에

눈물이 나는 친구잖아.

저번에 네가 나에게 전화하려고 했을 때

몇 번이나 서로 전화가 어긋나다가

내 리허설이 끝나고 공연 1시간 남겨 놓고

너는 너의 다음 스케줄 가기 직전에 그제야

타이밍이 겨우 맞아서 우리 전화를 했었잖아.

그때 네가 나를 찾았다는 게

난 너무 기뻤어.

그래서 두고두고 슬프다.

감히 네 아픔을 조금 알 것 같아서.

비슷한 통증을 겪었던 나의 냄새를 맡고 너는

몇 번이고 나를 찾았던 거지.

네가 나만큼, 아니면 나보다 더 아팠을 거라 생각하면

난 네가 너무 불쌍하다.

편지로 시작해 메시지와 전화로 잡담으로

울고 웃으며 우정 하게 된 친구야.

이제 끝나지 않았으면 좋을 것 같던 무대의 막이 내리면

서로에게만 털어놓을 수 있는 말들로

세상이 듣지 않을 뒤풀이를 하자.

이제는 텍스트로 남지 않을 그 시간이 얼마나 재미있을

지 벌써 기대되고 아깝다.

다른 눈을 빌려 볼 수 있게 해줘서 고마워.

이런 우정을 알려 주어 고마워.

사월이자 수진이가

편지 이후의 글들

흰

사월과의 마지막 편지를 주고받았다. 우리는 또 만날
것이다.

지난주부터 산문집 『눈에 덜 띄는』 작업을 갈무리
중이다. 워드를 열어 원고 쓸 때는 언제든 사라질 수 있는
글 뭉텅이 같다. 이쯤 되면 같은 텍스트를 너무 많이
봐서 나무와 출판사에 실례하는 책이 아닌가 하는 생각도
든다. 마침내 표지 디자인과 교정지가 도착했다.
디자인이라는 새 몸을 얻어 조판된 글과 거기 얹힌 이하나
편집자의 코멘트를 읽다 보면 갑자기 근사한 무언가를
만든 것 같다. 같은 내용인데 너무 다르게 보인다. 우리는
동료가 필요하다. 책만큼 〈함께〉가 중요한 작업도 없다.
여러 눈이 모여 더 견고한 세계를 만든다.

오늘은 몹시 기대하던 전시 서문을 번역 중이다.
영어로 옮기다 보면 한국어와는 다른 아름다움을 빚기도

한다. 그게 좋다. 동시에 미칠 것 같은 순간이 있다. 이번 주
내내 너무 많은 텍스트와 창작물과 가까이 있었다.
아름다운 것에만 둘러싸이는 자는 가끔 천박하게 말하고
싶은 충동에 휩싸인다. 산책하다가 깜짝 놀랄 만한 생각을
하기도 한다. 너무 안 어울려서 두 언어가 한 사람에게 속한
것이라고 믿기지 않을 것 같은 말을. 같은 날, 나는
놀랍도록 다른 마음을 갖는다. 아름다운 사유와 아주 못된
말을 동시에 품는다.

　아름다움만으로는 세계가 통째로 굴러가지 않는 날도
있다.

사월

축제에 공연을 하러 왔다

LED 스크린과 플라스틱 의자 뭔가 먹고 마시며 듣는
사람들

그 앞에 나는 노래를 부르러 왔다

더 정확하게는 약속된 시간에 노래를 부르고 돈을
벌려고 왔다

축제 무대라는 것은 최선을 다해 전해도 이야기가
부서지는 것 같다

여기에 과연 나 같은 사람의 이야기가 필요할까?

아마 아닌 것 같지만 들키면 나만 손해이니 가만히
있기로 한다

하필 이날, 이 시간에 관객석에 있을 누군가에게 내
이야기가 필요하다는 계시라고 믿지 않으면 이 짓을
어떻게 할까

믿고 나의 어떤 부분을 꺼내고 팔아 본다

뭐라도 팔 수 있어서 감사합니다

내가 깎은 무언가가 누군가의 무의식에 전달된다
내가 고려하지 않은 것도 전달된다
그게 내 직업이 하는 일이라니 나는 자랑스럽다

흰

첫 번째 결혼기념일이었다. 오랜만에 우리는 발 닿는
대로 걸었다. 문은 열려 있지만 아무도 없는 예배당에
가서 노래를 불렀다. 피아노도 쳤다. 어렸을 때 배웠지만
음계도 악보도 하나도 기억나지 않았다. 떠오른 멜로디를
건반으로 옮기면 엉뚱한 소리가 났다. 그때 배운 건 다
어디로 간 거지. 피아노 끄트머리에 연필을 두고 연습이
끝날 때마다 한 칸씩 옮기며 몇 년간 반복했는데, 그때
학습한 기억들은 다 어디로 흘러갔지. 그것을 수행한 몸은?
우리는 계속 무언가 잃어버린다. 어떤 시간은 통째로
우리를 빠져나간다. 그러니까 더욱 자세히 기록하자고,
서로에게 증언하자고. 증언이 되자고. 다짐한다. 우리 안에
남아 있는 열두 달 간의 서로를 톺아보며 성당을
빠져나왔다.

사월

매달 첫 번째 월요일에는 큰 빨래들을 세탁하고 집 안
물건들의 재고를 확인한다.

오전에는 코인 빨래방에 가서 이불과 수건, 베개와 소파
커버 등등을 세탁했다.

빨래방에 오가면서 동네 풍경을 바라보면 산다는 게
정말 아무것도 아니라는 기분이 든다.

집 앞 어린이집에서 아이들의 비명 같은 웃음이 들린다.

작업실에 출근해서 해가 지는지도 모르고 작업을 했다.

오늘치의 작업물을 MP3 파일로 저장해서 그걸 들으면서
퇴근했다.

집에 와서는 저녁 식사로 병아리콩과 빵을 데워 먹었다.

소파에 누워서 휴대폰을 하며 내가 어디에 돈을 쓰고
있는지 추적하고 통장에 남은 돈을 확인했다.

그러고는 오전에 널어 둔 마른빨래를 정리했다.

옷은 돌돌이로 먼지를 제거하고 색깔과 각을 맞춰서
옷걸이에 깨끗이 걸었다.

따뜻한 물로 충분히 샤워했다.

조금이라도 천천히 피부가 낡아 가길 바라며 로션을
꼼꼼하게 발랐다.

루틴의 날에는 하루가 금방 간다.

단순 반복 작업 같은 일상

나에게 그 누구도 필요하지 않은 것만 같은

이 허전한 만족감.

흰

「흑백요리사」 마지막 편을 보다가 눈물을 질질 흘렸다.
재미 교포 요리사 에드워드 리가 자신의 한국 이름은
〈이균〉이라고, 이 요리는 이균이 한 거라며 미숙한
한국어로 써온 글을 자꾸 틀린 발음으로 읽는데 마음이
와르르 쏟아졌다.

사월

241008
사과, 당근, 양배추주스
써브웨이 샌드위치
맛없는 소이라테
수프와 샌드위치 (또!)

흰

　새로 좋아하게 된 사람들과 헤어질 때도, 아쉬웠던 자리를 나서면서도 떠오르는 당신들.

사월

KTX 화장실에서 화장을 한다.

내가 알던 내 얼굴을 따라 그려 본다.

거울 속에는 분가루로 만들어진 얼굴이 있다.

후 불면 날아갈 것만 같다.

흰

   나를 뒤흔든 평론가의 몇 문장을 이 책에 옮겨 오려다가
실패했다. 아무리 쪼개도 몇 문장만으로는 그 사람이 쓰는
데 전생이 걸린 시간이, 복잡한 아름다움이, 전부 이사
오지 않는다.

사월

 존 맥가헌, 〈좋은 글은 전부 암시이고 나쁜 글은 전부 진술이다〉.

흰

　유명한 상을 받은 수학자는 예능에 나왔다는 이유로
어느 자리에서 그런 오해를 산 적 있다.

　「방송에서 본 것보다 수다스럽지 않으시네요.」

　수학자는 그가 틀렸다고 생각한다. 소리 내지 않을 뿐,
수학자는 오늘도 아주 많은 명제와 관계 맺고 있다.
농작물과 거름과 토지가 관계 맺듯 그는 늘 수학과 뒤엉킨
상태다. 서로를 파고든다. 동시에 수학자는 먼저 찾는
사람이다. 숫자가 사람을 찾아오지 않으므로. 등식이
해결되기 위해 방문하지 않으므로. 발 벗고 나서 인간은
등식을 해체한다. 이해와 오해를 오간다. 가장 이해하고
싶은 자가 가장 많은 오해를 자처한다.

사월

샤워를 하고 파자마 차림으로 바에 가는 법
아이패드 속 재즈 플레이 리스트를 튼다
동시에 노트북으로는 두 가지 ASMR을 재생한다
하나는 칵테일을 제조하는 소리가 실감 나게 들리는
영상
다른 하나는 카페에서 사람들 북적이는 소리가 웅성웅성
들리는 백색 소음
이 세 가지 소리가 듣기 좋게 울리게 각 콘텐츠의 음량을
맞춘다
소리에 얼마나 많은 이미지를 저장해 왔던 걸까
얇은 유리잔에 얼음이 도르르 굴러가는 그 소리를
들으며
짭짤하고 값비싼 표고버섯 과자와 함께 라프로익을
스트레이트로 마셔 주니
종이에 신청곡이라도 써서 바텐더에게 주고 싶다

흰

거실에 작은 서재를 만들었다. 카펫과 의자와 몇 개의 돌, 그리고 책만 머무는 수수한 공간. 서재가 늘어날수록 침대 아닌 다른 데서도 읽으며 잠깐 온갖 장르의 인간이 된다.

사월

침실 책상에서는 최대한 고상한 것을…….

거실 책상에서는 최대한 천박한 것을…….

흰

바랐던 것을 내가 너무 빨리 가지고 싶어 할 때마다
나는 주문처럼 어떤 다짐으로 돌아가곤 했다. 그리고 아무
일도 없었던 것처럼 하나씩 다시. 긴 초원을 오래 걷다 보면
어디선가 나의 능력을 웃도는 행운이 갑자기 불어오고
나는 화들짝 놀라 오래된 다짐을 다시 꺼내어 읽는다.
  여러 종류의 믿음은 연습해 보다가 어떤 건 정말로 내
것이 되었다.

  불이 다 꺼진 농구 코트를 숨을 헐떡일 때까지 뛰었다.
뛰다 보니까 이제 하나를 맺었다 싶다. 공을 튀기다가
갑자기 와락 울 것 같았는데, 그게 너무 당황스럽고
드라마틱해서 스스로에게 되물었다. 설마 너 지금
농구하다가. 울진 않았다. 흙과 때가 잔뜩 묻은 손바닥과
공이 맞닿을 때마다 자꾸 살아 있는 것 같아서 무언가
시작할 때도 끝날 때도 이리로 온다.

오랜만에 일 생각 안 하고 걸어서 좋았다. 옛날처럼 폰으로 사진도 퍽퍽 찍었다.

사월

피곤한 몸을 억지로 일으켜 요가를 하고 오후에는 『씨네21』원고를 썼다.

열차 안에서 노트와 볼펜으로 휘갈긴 글을 타이핑해서 워드로 옮기는 식이었는데 이런 식으로 쓰인 초고에서 나는 안정감을 느낀다.

조용하고 청결한 집에서 커피를 마시며 원고를 쓰고 있으면 언젠가 그리워할 순간을 지나고 있다는 기분이 든다.

누가 내 이야기를 궁금해서 돈을 지급하고 원고를 청탁하다니.

나는 무슨 복으로 임금을 위한 육체노동을 안 하는가.

집중하다 보면 언제 시간이 이렇게 흘렀는지 창밖이 어둑하다.

간단하게 동네 한 바퀴를 뛰고 와서 두부와 야채를 구워 저녁으로 먹었다.

궁금했던 영화도 한 편 봤다.

복에 겹게도 슬프다.

고상하고 천박하게

발행일 2025년 2월 10일 초판 1쇄
        2025년 3월 1일 초판 3쇄

지은이 김사월, 이원
발행인 홍예빈
발행처 주식회사 열린책들

경기도 파주시 문발로 253 파주출판도시
전화 031-955-4000 팩스 031-955-4004
홈페이지 www.openbooks.co.kr 이메일 literature@openbooks.co.kr

Copyright (C) 김사월, 이원, 2025, *Printed in Korea.*
ISBN 978-89-329-2495-3 04810
ISBN 978-89-329-2494-6 (세트)